제로

장주식

오랫동안 동화와 소설을 써 왔다. 동화 《그해 여름의 복수》《민율이와 특별한 친구들》《소가 돌아온다》《좀 웃기는 친구 두두》 등과 청소년 소설 《순간들》《어쩌다 보니 왕따》(공저) 《길안》 등을 펴냈다. 고전도 좋아하여 사람들과 강독을 해 왔는데 그 결과로 《논어의 발견》《논어 인문학 1,2》《노자와 평화》 등을 썼다.
남한강이 흐르는 강촌에 사는데 최근 몇 년 동안 강에 얼음이 꽝꽝 어는 것을 보지 못했다. 자연이 만든 얼음에서 썰매를 타는 것도 먼 옛날 이야기가 되고 말았다.

청소년 소설 _08

제로

장주식

펴낸날 2022년 6월 23일 초판1쇄
펴낸이 김남호 | 펴낸곳 현북스
출판등록일 2010년 11월 11일 | 제313-2010-333호
주소 07207 서울시 영등포구 양평로 157, 투웨니퍼스트밸리 801호
전화 02) 3141-7277 | 팩스 02) 3141-7278
홈페이지 http://www.hyunbooks.co.kr | 인스타그램 hyunbooks
ISBN 979-11-5741-284-6 43810

편집 전은남 | 디자인 디.마인 | 마케팅 송유근 함지숙

제로

장주식

차례

01

상림 속 반달별

　　정말 뜻밖의 일이 일어났다. 민세는 하늘에 맹세코 조금도 그럴 생각이 없었다. 단지 상황이 그렇게 되었을 뿐이다.

　　"여강치과로 가라."

　　담임 선생님이 하는 말에 광호가 민세를 돌아본다. 광호는 동그란 눈동자로 입꼬리를 올리며 웃었다. 앞니에 금이 간 녀석이 뭐가 좋다고 웃는지. 민세는 선생님 말에 저항했다.

　　"다른 치과도 많잖아요."

　　"시끄럽다. 자매 병원 놔두고 왜 딴 데 가니."

　　선생님이 매정하게 민세 말을 자른다. 선생님도 여강치과 원장 김 박사가 민세 엄마라는 걸 모르지 않을 텐데, 일부러 당해 보란 심사 같다. 민세는 길게 한숨을 내쉬었다.

세상 착한 광호를 괴롭히는 놈들이 천하에 나쁜 놈들 아닌가. 그런데 민세가 덤터기를 다 뒤집어쓰게 생겼다. 점심시간이었다. 민세는 급식실을 나와 우유 창고 앞을 지나고 있었다. 몸집도 작은 광호를 덩치가 무지막지한 녀석 셋이 둘러싸고 괴롭히는 게 보였다. 창고와 굵은 은행나무들로 가려진 외진 곳이다. 그러거나 말거나 그냥 지나치려 했다. 그게 평소의 민세니까. 그런데 보고 말았다. 덩치들 옆구리 사이로 애잔한 광호의 눈빛을. 광호는 그 위급한 상황에서도 민세에게 눈짓을 보냈다.

'얼른 지나가! 난 괜찮아.'

민세는 눈짓을 그렇게 읽었다. 차라리 제발 도와줘, 이렇게 읽었다면 서둘러 그곳을 떠났을지도 모른다. 발소리를 듣고 덩치들이 돌아봤다.

"응? 오민세."

"너, 광호랑 친해? 그냥 가던 길 가지."

덩치들이 이죽거렸다. 하루라도 아이들을 괴롭히지 않으면 잠이 안 온다는 녀석들이다. 두 녀석은 2반, 한 놈은 3반이다. 광호는 녀석들 단골 사냥감인데, 민세와 같은 1반이다.

"안 친해. 근데 한번 친해 보려고. 광호 이리 보내."

민세가 허리에 양손을 올리고 가슴을 쭉 펴면서 소리쳤다.

170센티미터에 달하는 큰 키로 민세가 덩치들을 내려다본다.

덩치들은 기가 막힌다는 듯 잠시 멍한 얼굴이었다. 그러나 곧 정신을 차린 덩치 하나가 광호 멱살을 움켜쥐었다.

"싫은데? 정의의 기사께서 직접 구하셔야지. 안 그래?"

덩치의 주먹이 광호 배를 파고들었다. "윽!" 신음 소리를 내며 광호가 두 손으로 배를 움켜쥐었다.

"이 악마 새끼들."

민세가 소리와 함께 덩치에게 달려들었다. 그리고 광호를 구해 냈다. 정확하게 말하면 상처뿐인 영광이다. 덩치가 슬쩍 피하면서 광호를 민세에게 밀어붙였고 민세 주먹은 광호를 강타했다. 그 연하디연한 광호의 입을 정통으로 가격한 것이다. 광호는 두 손으로 입을 감싸 쥐었는데 손가락 사이로 핏물이 왈칵 쏟아졌다.

"와우, 대박! 오민세 짱! 돌주먹이다, 돌주먹!"

덩치들이 손뼉을 쳐 댔다.

솜을 한 주먹 입에 문 광호를 데리고 들어서는 민세를 보고,

김 박사는 어깨를 축 늘어뜨렸다. 입술을 앙다물고 민세를 노려본 김 박사는 광호 입을 살폈다.

"잇몸이 아유. 세상에, 이도 흔들리고 금 가고."

핏물을 씻어 낸 뒤 입안을 소독하면서 김 박사가 말했다.

"네가 한 짓이야?"

"그……."

민세가 설명할 낱말을 고르는 중에 광호가 중얼거렸다.

"앙니엥옹."

"말하지 마라. 치료에 방해되잖니."

김 박사가 광호에게 주의를 주고는 민세에게 "응?" 하고 다그쳤다. 민세는 "아, 몰라. 그렇게 됐어." 대들듯 소리쳤다.

"휴, 하다 하다 이젠 쌈박질까지. 너, 어쩌려고 그래."

김 박사 전매특허인 꾸짖음 반 한탄 반이 시작되려 한다. 민세는 재빨리 치료실을 나왔다.

"어디 가? 네가 한 짓을 똑바로 봐야지. 피한다고 문제가 해결되냐?"

민세는 귀를 막고 환자 대기실 소파에 털썩 앉았다. 그런 민세를 접수대 안에 서 있던 정 간호사가 보고 실실 웃었다. 민세가 볼멘소리를 했다.

"아, 왜요? 내가 그런 거 아니라고요."

"누가 뭐래니?"

그러면서도 정 간호사는 계속 웃었다. 민세는 고개를 흔들고 휴대폰을 꺼냈다. 웹툰이나 보려는 거다. 새로 나온 웹툰을 몇 개 보기도 전에 광호가 치료실에서 나오고 김 박사도 따라 나왔다.

"그나마 다행이다. 이를 살릴 수 있겠어."

"감사합니다."

광호가 고개를 깊숙이 숙여 인사했다. 김 박사는 엉거주춤 일어서는 민세를 보고 딱딱한 얼굴로 말했다.

"너, 곧바로 집에 가 있어. 가서 반성하고 있으라고. 지금은 바쁘니까 저녁에 보자. 올해는 왜 그래? 중학생 되니까, 벌써 세상이 콩알만 하냐? 응? 나 참, 기가 막혀서."

김 박사는 바삐 치료실로 돌아갔다. 치료 의자에 누워 기다리는 환자가 많았기 때문이다.

속이 답답한 채로 민세는 여강치과를 나왔다. 옆에서 말없이 걷던 광호가 민세 손을 잡았다.

"민세야, 나 이쪽으로 가야 되는데."

광호가 골목 하나를 가리켰다.

"가면 되지, 누가 못 가게 하냐?"

민세의 싸늘한 대꾸에 광호 얼굴이 붉어졌다.

"그, 그래. 미안하다. 그리고 고맙다."

"뭐. 암튼, 난 짱난다. 잘 가라."

민세는 돌아서서 걸었다.

강변에 우뚝 선 아파트 단지가 보인다. 민세네 집이 있는 곳이다. 번쩍이는 금빛으로 장식한 '스카이 팰리스' 이름 밑으로 여강의 자부심이라는 굵은 세로글씨가 선명하다. 민세는 무거운 걸음을 옮긴다.

'에잇, 하필!'

민세는 김 박사의 비웃는 듯한 눈빛을 떠올리고 고개를 세차게 흔들었다. 너무 세게 흔들었나? 이빨도 흔들리는 느낌이다. 오른쪽 어금니가 찌릿하더니 통증이 관자놀이를 타고 머리까지 올라온다. 충치 하나 없이 멀쩡하지만 엄마의 오늘 같은 눈빛을 받을 때마다 민세에게 일어나는 현상이다.

'곧바로 집에 가 있어!'

김 박사의 날카로운 소리가 환청처럼 들린다. 집 아닌 딴 데로 새고 싶은 마음이 부글부글 끓어오른다. 민세는 아파트 단지로 가는 갈림길에서 머뭇거리다 몸을 틀었다. 목표는 없지만 일단 스카이 팰리스와는 다른 방향으로 걸었다. 몇 발자국 걸었을까? 우수수, 나뭇잎 흔들리는 소리가 들리며 한 줄기 바람이 불어왔다. 민세는 바람이 오는 곳을 봤다.

'응? 이런 곳이 있었나?'

민세는 눈을 크게 떴다. 커다란 은행나무들이 양쪽으로 가로수처럼 선 길이 보인다. 바람은 푸른 은행나무 잎사귀를 흔들며 오는 중이다. 코끝에 향기가 돌고 머리가 맑아지는 느낌이다. 대문은 활짝 열려 들어오라고 손짓하는 듯하다. 민세는 대문 안쪽을 기웃거렸다. 용도를 알 수 없는 큰 건물들이 우뚝우뚝 섰고 곳곳에 잘 가꾸어진 정원이 보인다.

"들어와도 돼."

세 번째 은행나무 뒤에서 사람이 하나 나왔다. 아래위 하얀 통옷을 입은 사람이다. 머리도 옷 색깔처럼 하얗다. 모습은 남자 같은데 목소리는 가늘어서 '여자인가?' 하는 생각이 든다. 머리는 하얗지만 얼굴에 주름도 없어 노인 같지는 않다.

"네. 그, 그럴까요……."

민세는 조금 머뭇거리다가 대문 안으로 들어섰다. 향기가 더 짙어졌다. 몇 걸음 걸어 들어가자 오른쪽에 큰 정원이 보였다.

여러 가지 나무와 꽃이 심겨 있는데 민세가 아는 나무는 거의 없었다. 단풍나무나 벚나무 정도 알 것 같았다.

은행나무 가로수가 끝나는 정면에 큰 건물이 불쑥 나타났다. 한가운데에 큰 문이 있고 온통 벽인데 작은 창문이 층마다 네 개씩 달려 있다. 4층 건물인 것 같다. 건물을 멍하니 올려다보고 선 민세에게 주인이 말했다.

"손님이 오셨으니 차를 대접해야겠지? 이쪽으로 오렴. 차 한 잔 마시고 천천히 구경해도 된다."

주인은 오른쪽 정원 큰 나무 아래로 갔다. 가지가 많고 잎이 넓은 나무다. 나무 밑에 넓적한 바위가 있고 바위 둘레에 나무 의자들이 있다. 바위 한쪽엔 물을 끓일 수 있는 냄비가 있고 찻잔, 주전자 등이 놓인 철제 장식장이 있다. 주인은 금방 물을 끓이고 차를 우려냈다.

"자, 마셔 봐라."

주인이 민세에게 찻잔을 내밀었다. 동그란 찻잔에 담긴 동그란 물은 노란빛이다. 민세는 찻잔을 받았다. 주인은 처음 보는 사람인데도 믿음이 갔다. 환하게 웃는 얼굴에서 민세는 어떤 거짓도 발견하지 못한다. 낯설지만 평화로운 느낌을 주는 정원과 기분 좋은 풀꽃 향기가 민세의 마음을 편안하게 풀어 준다.

민세는 차를 마셨다. 평소 민세라면 낯선 이가 주는 차를 마실 리가 없다. 그런데 지금은, 차를, 마시고 싶었다.

달지도 쓰지도 시지도 않은 그냥 물맛이다. 근데 찻물을 목구멍으로 넘기고 나자 알싸하면서 시원한 맛이 입안에 맴돌았다. 주인이 빙긋 웃었다.

"느낌이 괜찮지?"

"네, 맛있어요."

민세는 다시 한 모금 마셨다. 목구멍이 시원해지며 코끝이 뻥 뚫리고 머리까지 맑아지는 느낌이다. 민세는 저절로 웃음이 나왔다. 주인이 고개를 끄덕이며 말했다.

"역시, 그럴 줄 알았다. 이제야 올 사람이 왔네."

"올 사람이라뇨? 제가요?"

"그래. 난 반달별이라고 한다. 너는 이름이?"

"오민세라고 합니다."

"응, 그래. 민세. 널 기다리고 있었다."

"네? 저를요? 왜요?"

민세가 눈을 둥그렇게 떴다. 민세는 솔직히 좀 놀랐다. 기다리고 있었다니!

"그야, 네가 여기 주인이니까. 나는 관리인일 뿐이고."

"네엣? 무슨 말씀이에요. 주인이라뇨. 저는 여기 첨 왔는데요. 이런 곳이 있는지도 몰랐어요. 이 근처를 엄청 지나다녔지만."

반달별이 하하 웃었다.

"너, 눈에 보이는 게 얼마나 작고 좁은지 모르는구나. 바로 곁에 있는 사람 표정도 못 보는 게 사람 눈이란다. 네가 여길 발견하고 들어왔으니 이젠 때가 된 거야. 비바!"

"그, 그게 무슨?"

민세는 사방을 휘휘 둘러보았다. 내가 주인이라니. 뭔가 좀 다른 느낌이다. 아까 대문 밖에서 기웃거릴 때와는 달랐다. 마치 오래전부터 내 공간이었던 것처럼 정이 간다. 수백 명이 한꺼번에 들어갈 수 있을 것 같은 길쭉한 건물이 남쪽에 자리 잡고 있다. 가운데 넓은 길을 두고 북쪽에 동그란 건물과 네모난 건물이 있다. 또 그 건물 지붕 너머로는 원기둥 같은 둥근 건물이 높게 서 있는 게 보인다.

'내가 여기 주인이라고? 뭐야? 나 꿈꾸는 거야 지금?'

민세는 속으로 되물었다. 한편으론 이거 재미있는데, 하는 생각도 들었다. 민세는 공간에 대한 호기심이 부쩍 일어나서 반달별에게 물었다.

"여기는 어디예요?"

"상림이란다. 이 나무가 무슨 나무인지 알겠니?"

반달별이 옆에 선 나무를 가리켰다. 나무둥치는 민세가 팔을 펴서 안아도 안을 수 없을 만큼 굵고 키는 10m는 넘어 보인다. 사방으로 굵은 가지가 뻗어 전체적으로 둥근 모양이고 가는 가지마다 넓은 잎을 무성하게 달고 있다.

"보긴 봤는데…… 이름이 뭐더라……."

"뽕나무란다. 여기 뽕나무밭이 많았는데 이젠 이 나무만 남았지. 나이가 자그마치 500살이 넘었다."

"오, 오백 살이요?"

"그렇지. 아마 뿌리가 이 정원 땅 아래에 다 퍼져 있을 거다. 이 뽕나무가 있어 이곳 이름도 상림이다. 뽕나무 상(桑) 수풀 림(林), 큰 뽕나무가 있는 숲이란 뜻이지."

"처음 들어요."

"그렇겠지. 내가 들으려 하지 않으면 들리지 않으니까. 수많은 소리가 우리 귀를 그냥 스쳐 지나가지. 이제 너는 상림을 보고 들을 준비가 된 거야. 비바!"

"보고 들을 준비…… 제가요?"

"그래."

민세는 기분이 묘했다. 스스로 깨닫지도 못하는 준비가 되었다니. 그러나 반달별의 말은 듣기 좋았다. 아니, 힘이 있었다. 민세는 반달별의 말을 듣고 나자 진짜 자신이 뭔가 준비가 된 듯한 느낌마저 들었다. 그때 바람이 후루루 불어왔다. 뽕잎들이 춤을 춘다. 오월 한낮의 바람은 따스하다. 맑은 기운을 주는 차에 따스한 바람, 민세는 달콤한 기분으로 그 거대한 오백 살 뽕나무를 찬찬히 바라보았다.

"이 뽕나무도 이름이 있나요?"

"누비라고 부르지."

"누비요? 무슨 뜻이에요?"

"그건…… 차차 알게 될 거다."

반달별이 알쏭달쏭한 말을 하고는 찻잔을 들어 차를 마신다. 민세는 말없이 뽕나무를 올려다보았다.

'누비라고? 누비? 그 참 궁금하네.'

문득 하얀 물체가 누비의 굵은 가지 사이에 나타났다, 사라졌다. 똑딱 하는 순간이었다. 누비는 2미터 정도 높이에서 네 갈래로 굵은 가지가 갈라져 있다. 흰 물체는 바로 네 갈래로 갈라지는 남쪽 굵은 가지 위에 나타났던 것이다.

민세는 눈을 감았다 떴다. 그리고 다시 그 가지를 눈여겨보았다. 그러나 그만이었다. 그냥 나뭇가지일 뿐 더는 흰 물체 같은 건 없었다. 민세가 고개를 갸웃하는데 반달별이 물었다.

"뭘 봤니?"

"네, 하얀 물체 같은 거, 분명히 봤어요."

"음. 그래. 그럴 테지."

반달별이 빙그레 웃으며 고개를 끄덕끄덕했다. 반달별은 차를 다시 따라 주면서 말했다.

"이 차는 누비의 잎으로 만든 차란다. 그래서 네게 보이는 게 있는 걸지도 몰라. 그 흰 물체 말이다."

"진짜요? 대박! 얼른 또 마셔야지."

민세는 찻잔을 들어 후루룩 마시고 누비를 올려다보았다. 흰 물체 같은 건 없었다.

"안 보이는데요?"

"하하하. 급하기는. 지금은 그 정도란다. 오늘은 더는 안 보일 거다."

그때 온몸이 덥수룩한 털로 뒤덮인 개 한 마리가 다가왔다. 걸을 때마다 다리에 가득한 털이 털렁거린다. 얼굴도 온통 긴 털이라 입도 코도 눈조차 보이질 않는다.

"사리 왔네."

반달별이 자리에서 일어서며 개를 반긴다. 털북숭이 개 사리
도 꼬리를 좌우로 두어 번 흔든다. 사리가 얼굴을 한 번 흔들
고 민세를 본다. 긴 털 사이에서 검은 눈동자가 반짝 빛이 났
다. 민세가 손을 흔들자 사리는 분홍 혓바닥을 쑥 내밀었다.
반달별이 말했다.

"사리가 때맞춰 왔으니 따라가 보자."

"네? 어디를요?"

"으응. 사리는 이곳 상림 안내견이란다. 사리가 모르는 곳은
없지."

반달별은 "사리! 부탁해." 하고 큰 소리로 말했다. 사리는
몸을 흔들어 멋진 털을 휘날려 보이고는 돌아서서 걷기 시작했
다. 반달별과 민세는 사리 뒤를 따라 걸었다.

사리는 온통 벽이고 층마다 좁고 작은 세로 창문만 4개씩 있
는 건물로 갔다. 문은 딱 하나 건물 한가운데 있다. 거대한 노
란색 문은 자물쇠도 없고 손잡이도 없다. 노란 문짝 한가운데
그저 검은 선을 그어 놓은 모양이다.

대문 앞에 사리가 우뚝 서더니 "컹 컹 컹!" 하고 세 번 짖었
다. 사리의 소리는 날카롭지 않았다. 마치 친한 친구를 부르는

듯 다정한 느낌마저 들었다. 문이 스르르 열린다. 검은 선이던 대문 가운데가 반으로 딱 갈라지더니 양쪽 벽 속으로 안개처럼 스며들어 간 것이다.

"옷!"

민세는 자기도 모르게 탄성을 질렀다. 반달별이 웃으며 한마디 했다.

"상림 건물의 문들은 음성 인식으로 열고 닫힌단다."

"와우. 그럼 제가 '컹컹!' 해도 열리나요?"

"안 되지. 사리 음성만 인식하니까."

"사리가 없으면 건물에 못 들어간다는 거예요?"

"그렇지."

"그것 참 불편하겠어요."

"불편하다고 해야 하나? 나는 생각이 좀 다른데. 그만큼 사리가 중요하다는 것 아닐까? 사리는 무척 가치 있는 일을 하는 개니까. 비바!"

"그런가요……."

민세는 어정쩡하게 대답했다. 사리만 문을 열고 닫을 수 있다는 건 분명 불편한 구조라는 생각을 민세는 바꾸기 싫었다. 반달별의 주장에 동의하기도 어려웠고. 그러나 민세는 더 따지고 싶지 않았다. 처음 만난 사람과 꼬치꼬치 뭔가를 따지는 것도 썩 내키지 않는 일이다. 다만 반달별이 가끔 말끝에 '비바!' 하고 외치는 게 궁금했다. 말끝마다 그러는 게 아닌데도 귀에 쏙 들어와 박힌다. 반달별이 또 '비바!' 하면 왜 그러는지 한번 물어봐야겠다고 민세는 마음먹었다.

사리를 따라 반달별과 민세는 건물 안으로 들어갔다. 민세는 눈이 휘둥그레졌다. 민세가 상상도 하지 못했던 광경이 그곳에 펼쳐졌기 때문이다.

건물 내부는 4층 천장까지 뻥 뚫렸고 한가운데에 둥근 기둥이 있다. 기둥은 유리로 둘러싸였고 유리 안쪽에 승강기가 레일을 따라 오르내리고 있었다. 승강기를 중심에 두고 층마다 방이 몇 개씩 있고 방들은 1층부터 계단으로 연결되어 있다. 반달별이 말했다.

"상림의 과거와 미래가 다 이곳에 있지."

"이야, 상림은 뭐 하는 곳이에요?"

민세는 호기심이 부쩍 일어났다. 반달별이 빙긋 웃었다.

"좋은 태도야. 그게 주인다운 자세지. 상림은 말이다. 섬유를 연구하고 만드는 곳이야."

"섬유? 실이나 천 같은 거 말인가요?"

"그렇지. 너, 좀 아는구나. 그럼 뽕나무와 관계있는 섬유도 알겠구나."

"그건, 혹시, 누에고치? 실크? 비단? 그건가요?"

"오호라. 맞았다."

"그런 거예요? 여기가?"

민세는 건물 내부를 휘휘 둘러본다. 호기심이 좀 줄어든 표정이다.

"실크만 연구하고 만들어서야 되겠니? 여기선 모든 천연섬유를 연구하고 만들고 있단다. 옳지, 나타났구나."

가운데 원기둥 안 승강기가 철렁 소리를 내면서 아래위로 오르락내리락 움직이기 시작했다. 그리고 4층 꼭대기 한 방에서 누에처럼 생긴 로봇이 쑥 기어 나왔다.

"어이, 잠두! 안녕!"

반달별이 손을 번쩍 들고 소리쳤다.

"안녕하세요."

잠두도 큰 소리로 대답한다. 잠두는 하체의 여러 개 발로 바닥을 딛고 상체는 번쩍 들어 올렸다. 민세는 눈을 크게 떴다. 이건 또 뭔가? 민세는 잠두를 자세히 살폈다. 몸통이 모두 열세 개인데 앞 몸통은 다섯 개 뒤 몸통은 여덟 개 마디로 나뉘었다. 몸통마다 발이 두 개씩 달렸고 몸통과 몸통 사이는 기계 실린더가 이어 준다. 앞 몸통을 들어 올리면 실린더들이 쭉 늘어나 몸통 안이 투명하게 다 보인다. 실린더가 늘어나고 줄어들고 하는데도 아무런 소리도 없이 아주 매끄럽게 움직인다.

"잠두는 이곳 상림관 책임자야."

반달별이 알려 준다.

"아, 그, 그렇군요."

민세는 얼떨떨하다. 누에 로봇이라니! 그리고 책임자라니! 잠두가 승강기를 타고 일 층으로 내려왔다. 연한 회색인 잠두의 몸은 마디마다 반들반들 윤이 났다. 잠두가 민세에게 팔 하나를 쑥 내밀며 말했다.

"반갑다. 난 잠두라고 해."

"으응, 난 민세."

민세도 얼떨결에 손을 내밀었다. 얼이 반쯤 빠진 민세는 머리를 한 번 흔들었다. 이게 무슨 일이지? 여긴 무슨 세상이지? 민세는 약간 혼란스러웠다.

손가락이 세 개인 잠두의 손은 너무 부드러웠다. 민세는 사라락 비단 천이 손을 감싸는 느낌을 받았다. 그 느낌이 좋아 손을 계속 잡고 있자 잠두가 깔깔 웃었다.

“언제까지 잡고 있을래? 처음 봤는데 너무 좋아하는 거 아
냐?”

“아아, 미안.”

민세가 얼른 손을 놓았다.

“좋아. 아주 좋아.”

반달별이 소리쳤다.

“잠두! 나중에 민세에게 이곳을 자세히 안내해 줘.”

“넵.”

잠두가 크게 대답했다. 반달별이 민세에게 말했다.

“오늘은 다른 건물도 가 봐야 하니까 여기에만 오래 있을 순
없어. 나가자고.”

“예.”

사리가 다시 앞장을 섰다. 상림관을 나와 길 건너 길게 지어
진 건물로 걸어가면서 반달별이 말했다.

“잠두는 세탁하지 않아도 되는 옷을 개발 중이야.”

“에? 그런 게 어디 있어요. 하루만 입어도 땀 냄새가 나고 더
러워지는 게 옷인데.”

“세상은 내가 모르는 것들로 가득 차 있지. 자기가 아는 게
얼마나 적은지 사람들은 잘 몰라. 비바!”

민세는 대꾸하지 않았다. 반달별의 말이 맞는 것 같다. 지금 상림 속에서 만나는 일들이 그랬다. 상림은 반달별 말처럼 민세가 모르는 것들로 가득 차 있다.

대신 민세는 때는 이때다 하고 물었다.

"비바가 뭐예요?"

"응?"

반달별이 무슨 소리냐는 듯 되물었다.

"아까부터 자꾸 비바라고 하셔서요."

"아, 내가 그랬니? 그거 그냥 내 말버릇이야. 비바! 듣기 좋지 않니?"

"말버릇…… 네. 뭐, 예. 그렇군요."

민세는 반달별 대답이 너무 싱거워서 픽 웃었다. 그러자 반달별이 빙긋 웃으며 말했다.

"굳이 뜻을 따진다면 '인생이여! 만세!' 정도 된단다. 나는 이 말이 좋아. 내가 살아온 길이기도 하고 앞으로 내가 살아갈 방향이기도 해서. 비바!"

"네에."

민세는 고개를 끄덕였다. 반달별 말이 참 듣기 좋았기 때문이다.

그사이 긴 건물 앞에 도착했다. 얼핏 봐도 건물의 길이만 50 미터는 넘어 보인다. 건물 전체는 2층 높이인데 맨 왼쪽만 3층 높이이다. 커다란 대문은 3층 높이 건물에 있었다. 역시 사리가 대문 앞에 서서 "컹 컹 컹!" 하고 짖었다. 스르르 문이 열린다. 민세는 입이 떠억 벌어졌다. 3층 높이 건물은 군데군데 기둥만 서 있을 뿐 하나로 트인 어마어마한 공간이었다. 한쪽 벽면은 사각으로 만든 철제 통이 죽 늘어서 있다. 통마다 어떤 물건들이 가득가득 들어 있었다.

"플라스틱으로 만든 물건들이야."

반달별이 민세에게 알려 줬다.

"페트병 같은 그런 거요?"

"그렇지."

"아니, 그것들은 왜?"

"민세, 여긴 섬유 연구소라니까. 플라스틱에서도 섬유를 뽑으니까."

"아, 아."

민세는 고개를 끄덕였지만 뭐 안다는 건 아니었다. 그때다.

"오셨어요?"

옥구슬이 얇은 놋쇠 판에 구르는 듯한 목소리였다. 더엉~!

목소리 여운은 길었다. 옥이 쇠를 치는 소리지만 전혀 거슬리지 않는다. 금방 또 듣고 싶은 그런 소리였다.

"오, 루치아."

반달별이 반갑게 불렀다. 민세는 눈을 크게 떴다. 금방 게임 속에서 튀어나온 듯한 전사가 그곳에 있다. 옷차림이 딱 그랬다. 몸에 착 달라붙는 옷과 팔찌에 머리띠까지. 날씬한 옆구리에는 작은 검도 차고 있다. 민세의 궁금증을 반달별이 얼른 풀어 줬다. 루치아도 잠두처럼 인공 지능 로봇이란다.

"루치아는 게임 속 주인공들 옷차림을 좋아해. 오늘은 리그 오브 레전드의 카타리나네. 지난주에는 로스트아크 블레이드의 리퍼더니. 언제는 원더우먼 옷을 한 달간 입었지. 루치아가 입은 옷은 다 플라스틱에서 뽑은 섬유로 만든 거란다."

"아, 네……."

민세는 정신을 차릴 수 없었다. 도대체 여기는 또 어디란 말인가. 반달별이 민세 어깨를 툭 치며 말했다.

"루치아, 인사해. 앞으로 이곳 주인이 될 사람이야."

"반갑다."

루치아가 방긋 웃으며 말했다.

"으응. 반가워."

민세와 루치아가 손을 마주 잡았다. 루치아의 손은 미끄러웠다.

"루치아는 이곳 폴리관의 책임자야. 물론 같이 연구하는 동료도 있지."

반달별이 친절하게 알려 줬다.

"동료는 누구?"

민세가 묻자 반달별이 "금방 알게 돼."라고 대답한 뒤 루치아를 보며 말했다.

"루치아, 기계 좀 보여 줄 수 있어?"

"그러죠."

루치아는 돌아서서 걸었다. 3층 높이 건물 공간 안쪽에 통로가 있었다. 루치아가 걸어 나온 곳이다. 통로로 들어서자 그곳은 또 다른 광경이 펼쳐졌다. 2층 높이에 교실보다 훨씬 큰 방이 통로 옆으로 셀 수 없이 많았는데 방마다 길이가 10미터 정도 되는 기계가 하나씩 놓여 있었다.

루치아가 기계 옆에 가서 섰다. 마치 기계를 광고하는 모델 같았다. 루치아가 여운이 길게 남는 목소리로 말했다.

"가챠입니다."

"가챠, 풋!"

민세는 갑자기 웃음이 터져 나왔다. 루치아가 눈을 동그랗게 뜨고 민세를 바라보았다. 왜 웃느냐고 눈동자로 묻고 있다.

"아, 아니, 루치아, 미안. 뽑기라니, 그냥 이름이 웃겨서. 푸훗."

뭔가 거창한 이름일 줄 알았는데, 뽑기 기계를 뜻하는 일본 말 가챠가 이름이라니. 민세는 정말 뜻밖이라 나오는 웃음을 막을 수가 없었다.

루치아는 고개를 끄덕이고는 다시 설명했다.

"완전 자동이고요, 플라스틱만 먹는 기계랍니다. 플라스틱이라면 하얀 거, 파란 거, 빨간 거, 뭐든 관계없어요. 다 분류해서 소화하고 실로 뽑아내니까요."

"아."

민세는 저절로 귀를 기울이게 되었다. 루치아가 말하는 내용도 놀랍지만 무엇보다 목소리가 너무 좋았다. 귀를 포근하게 감싸며 들어오는 소리. 마치 푹신한 양털 구름을 타고 솜사탕을 먹는 느낌이랄까. 반달별이 민세 어깨를 툭 건드렸다.

"여기 계속 있을 거야? 다른 덴 안 가 보고?"

"아, 네. 가야죠."

민세는 루치아에게 인사를 하고 폴리관을 나왔다. 폴리관은 나오는 문이 따로 있었다. 문을 나서자 눈앞에 아담한 원통 모양 건물이 보였다. 3층 높이인데 바로 뒤가 강이다. 밑에서부터 꼭대기까지 다 둥글었다. 위로 올라가면서 조금씩 지름이 작아져서 전체적으로 안정감이 있다. 꼭대기에는 투명한 유리 지붕이 보인다.

"저 건물은 뭔가요?"

민세는 지금까지 본 건물 중에 원통 건물이 가장 마음에 들었다.

"응, 원탑."

반달별이 대답하고는 다른 쪽으로 걸어간다. 민세가 급하게 물었다.

"원탑에는 안 가요? 가 보고 싶은데."

"못 가."

반달별이 딱 부러지게 대답했다.

"아니, 왜……?"

민세는 '내가 이곳 주인이라면서 왜 못 가나요?'라는 말이 나오려는 걸 꿀꺽 삼켰다.

"훗."

반달별이 짧게 웃음소리를 내더니 대답했다.

"원탑에도 주인이 있어. 어디든 주인은 단 한 명만 있는 게 아니니까. 비바!"

민세는 '아차!' 싶었다.

'맞아. 내가 말도 안 되는 생각을 했구나. 주인이라는 말을 듣고 이곳이 다 내 것인 줄 알았어. 어째 그런 엉터리 생각을 했을까.'

이런 생각이 들자 민세는 얼굴이 뜨거워졌다. 반달별이 말했다.

"원탑의 주인은 포리야. 민세가 열네 살이지? 그럼 포리가 두 살 위네. 지금 중요한 일이 있어 외국에 나갔어. 곧 돌아올 테니 포리가 오면 들어가 보자."

"예."

그때 "아옹-옹" 소리가 났다. 사리 앞에 고양이 한 마리가 나타나 장난을 걸고 있었다. 고양이가 두 앞발로 사리의 다리털을 긁어 댄다. 그러자 사리는 분홍빛 입술을 날름거리며 고양이 머리를 핥았다.

"두강이야. 포리하고 단짝이지."

반달별이 민세에게 알려 줬다. 민세가 두강이에게 눈을 맞췄다. '나 너랑 친하고 싶어.'라는 뜻을 눈으로 전했다. 두강이도 민세를 보긴 했으나 눈빛에 아무런 의미도 담기지 않았다. 그나마 사리와 장난을 치느라 금방 눈을 돌려 버렸다.

두 사람은 뽕나무 누비 밑으로 돌아왔다. 민세는 금방 본 것들에 너무 놀라 말문이 막힌 채였다. 반달별이 따라 주는 차한 잔을 묵묵히 마시고 나서 민세가 말했다.

"여기선 언제부터 이런 일을?"

"꽤 오래되었지. 이런 일을 하는 곳은 여기만이 아니다. 다른 데도 여럿 있어. 나중에 다 알게 될 거야."

"네. 저…… 근데 제가 할 일이 있나요?"

민세는 궁금하기 짝이 없다. 왜 오늘 갑자기 이런 일이 일어났을까? 그리고 과연 이런 곳에서 내가 무슨 일을 한다는 것일까? 나는 아무것도 모르겠는데. 혼란스러워하는 민세 얼굴을 웃음 띤 눈으로 바라보며 반달별이 말했다.

"세상을 확 바꾸는 거대한 일도 어느 날 갑자기 오는 것처럼 보이지. 사실은 차곡차곡 준비되었는데도 모르고 있었을 뿐이야. 민세에겐 상림이 오늘 불쑥 나타난 것처럼 보이겠지만, 그렇지 않아. 민세 너의 내부에 이미 있었던 거야. 상림에 오기위한 여러 가지 것들이. 자각하지 못했을 뿐이지. 비바!"

"그럼, 이제 제가 자각했다는 건가요?"

"두말하면 잔소리!"

반달별이 큰 소리로 하하하 웃었다. 시원하게 웃어 댄 뒤 반달별이 진지한 얼굴로 말했다.

"자각에는 행동이 따라야 한다. 그래야 뭔가 이루어지는 것이고. 민세 네가 이제 행동을 할 때가 되었다는 거야. 그게 연구든 실천이든 뭐든."

"여기서요? 상림에서요?"

"그렇고말고."

민세는 알아들었다. 그리고 강력하고 분명한 예감이 든다. 나는 아마도 이곳 상림에 계속 오게 될 것 같다. 조금 전 본 잠두와 루치아에게 끌리는 마음도 크다. 원탑의 주인이라는 포리도 몹시 궁금하다. 무엇보다 지금 눈앞에 앉아 있는 반달별이란 사람이 좋다. 겨우 두어 시간 만난 것에 불과한데 말이다. 낯설었던 곳에 금방 이렇게 정이 들다니.

차를 한 잔 더 마시고 나니, 서쪽 건물 그림자가 길게 드리웠다. 해가 곧 넘어가고 밤이 올 것이다. 민세는 문득 깨달았다. 아, 늦었다. 김 박사가 곧바로 집에 가 있으라고 했는데 여기서 얼마나 있었지? 집에 가야 한다. 민세는 스카이 팰리스 건물을 바라보았다. 가슴이 답답해진다. 반달별도 스카이 팰리스를 바라보다가 말했다.

"왜? 집에 가기 싫어?"

"예."

"집이 왜 싫을까."

반달별이 혼잣말하듯 말했다. 민세는 속으로 생각한다. 그러게, 나는 왜 집이 싫지? 엄마 잔소리? 아빠의 한숨? 아빠도 엄마도 그 누구에게도 끌리지 않는 어정쩡한 내 모습이 답답한 것일까? 치과 의사인 엄마 김 박사는 늘 주장한다.

"세상은 먹고 먹히는 곳이야. 정글이라고. 힘센 자가 살아남아. 힘이 뭐냐고? 첫째, 돈이지. 아무리 발버둥 쳐 봐야 우리는 자본주의 사회에 살고 있어. 자본주의가 뭐야? 자본이 중심이잖아. 자본이 곧 힘이란 거지."

그러면 고등학교 영어 교사인 아빠 오 선생이 대꾸한다. 버릇처럼 길게 한숨을 내쉰 다음 말이다.

"바로 그게 문제라고. 돈. 돈만 추구하다가 우리가 잃어버린 가치가 얼마나 많은지 알아야 해. 돈은 가치로 따지면 정말 작은 거야."

이렇게 시작한 두 사람 다툼은 늘 평행선이다. 다툼의 끝은

서로에 대한 비난이다. 결국 오 선생은 집을 떠났다. 시내에서도 차로 30분은 가야 하는 산골짜기로 들어가서 컨테이너 하나 놓고 산다. 민세는 누구 편도 들고 싶지 않다. 엄마도 아빠도 둘 다 옳지 않다는 생각만 가득하다. 아무리 좋은 생각이라도 상대를 비난하는 태도는 나쁜 것이다. 그게 민세 생각이다.

"휴!"

민세가 한숨을 내쉬자 반달별이 흉을 봤다.

"열네 살 인생의 한숨이 너무 오지다. 세상이 그렇게 답답한 것만은 아니란다."

"엄마 잔소리 때문이에요. 오늘은 아마 난리 날걸요? 얼마나 들어 줘야 할지. 벌써 머리가 지끈거려요."

"듣기만 하니까 그렇지."

"네?"

"네 말도 해. 사람은 하고 싶은 말을 참아야 할 때도 있지만, 하고 싶은 말을 안 해서 문제가 되는 경우도 많아. 비바!"

"하고 싶은 말……."

민세는 머리를 굴려 봤다. 내가 하고 싶은 말이 뭐지? '뭐지? 뭐지?' 딱히 떠오르는 게 없다. 단지 엄마 잔소리를 듣기 싫다! 그것뿐이다.

"하고 싶은 말이 뭔지 모르겠지?"

반달별이 민세의 마음을 눈치챘나 보다.

"하고 싶은 말을 먼저 찾아야 되겠네. 그때까지는 듣기 싫어도 꼭 참고 들어야겠어, 오민세 군."

반달별이 놀리듯 소리쳤다.

"에잇, 정말 그러실 거예요?"

민세가 겉으론 그렇게 말해도 속으론 반달별이 놀리는 말이 듣기 싫진 않았다. 반달별의 말속에 자기를 격려하고 위로하는 느낌이 들어 있었기 때문이다.

"민세야, 이제 시작이다. 넌 여기 상림도 봤잖아. 안 보이던 곳인데 말이야. 그렇게 탈바꿈해 가는 거지. 변화란 얼마나 아름다운지, 이제 너는 절실하게 깨닫게 될 거야. 비바 라 비다!"

"네……."

민세는 마음이 따뜻해졌다. 어쩌면 말 한마디가, 이렇게 마음을 편안하게 하기도 하는구나, 하고 놀랐다.

"여기 또 와도 되죠?"

"언제든."

"고맙습니다."

민세는 일어서서 가방을 둘러멨다. 그리고 오백 년 묵은 뽕나무 누비를 올려다봤다. 누비의 긴 가지들이 흔들리고 우수수 큰 잎이 서로 부딪쳐 소리를 낸다. 민세는 반달별에게 꾸벅 고개 숙여 인사하고 길로 나섰다.

02

포리와 두강이

오후 6시. 민세는 거실 소파에 파묻히듯 앉아서 벽에 걸린 시계를 본다.

'한 시간 남았군.'

그새 전광판 숫자가 소리도 없이 하나 올라간다. 59분 남았군. 엄마 김 박사는 보통 7시쯤 집에 온다. 민세는 김 박사의 찡그린 얼굴과 날선 목소리를 생각한다. 하루 내내 치통 환자를 돌보느라 어깨가 빠진다는 한탄도 또 들어야 할 것이다. 그 말을 들을 때면 민세는 미안하면서도 고마운 마음에 보태 쓸쓸함까지 아주 복잡한 감정 상태를 겪곤 한다.

'또 그렇게 되긴 싫은데.'

그런 상황은, 반복될수록 점점 두 사람 사이를 멀어지게 할 것이다. 그렇다고 광호와의 상황을 엄마가 차근차근 들어 줄 리가 없다. 일단 엄마는 비난을 쏟아 내고 민세는 대들고 서로 상처를 주고 말겠지.

'아, 정말 싫다!'

민세는 고개를 흔들었다. 시간은 쉬지 않고 간다. 50분 남았다. 엄마는 들어오자마자 배고프다는 소리부터 할 것이다. 죽도록 일한 뒤 집구석이라고 오면 밥 차려 주는 사람도 없고, 아무거나 시켜 먹자, 하고 김 박사는 말한다. '돈만 많아 봐라. 밥 해 주는 사람도 두고 청소하는 사람도 두고 우아하게 살 수 있지.' 하고 엄마는 덧붙일 것이다.

순간 민세 머리에 '번쩍!' 하고 불이 켜졌다.

'그래. 내가 해 보는 거야.'

날마다 시켜 먹기도 질렸다. 엄마가 좋아하는 음식을 만들어 보자. 못 할 게 뭐야? 민세는 자리에서 후다닥 일어났다. 김 박사가 자주 하는 말 '엄마가 끓여 주는 청국장 먹고 싶다.'를 민세는 떠올렸다. 그리고 냉장고 냉동실에 외할머니가 가져다 둔 청국장이 가득 들어 있다는 걸 안다.

민세는 식탁 앞에 서서 '청국장 끓이기 황금레시피'를 휴대

폰으로 검색했다. 청국장, 김치, 두부, 국물 멸치나 멸치 육수
팩, 식용유, 감자, 바지락, 청양고추, 무나 대파. 민세는 냉장고
를 뒤져 재료를 있는 대로 찾아냈다. 없는 게 많다. 마트에 다
녀오기엔 시간이 없다. 엄마가 집에 들어오면서 구수한 청국장
냄새를 맡으면 좋겠다. 그때 기특하게도 민세는 외할머니 말
을 생각해 냈다. 김 박사가 청국장을 먹으며 너무 맛있고 행복
하다고 하자 외할머니는 '김치하고 두부만 넣었는데, 뭘.' 했
다. 다행히도 김치와 두부가 있다. 멸치 육수 팩도 있다. 민세
는 전기밥솥에 밥을 안치고 냄비에 물을 끓이고 멸치 육수 팩
을 넣었다.

"응? 이게 무슨 냄새야?"

김 박사가 집에 들어오면서 한 첫말이다.

"고생하신 어머니를 위해서 내가 실력 발휘 좀 했지."

김 박사 입꼬리가 살짝 올라간다. 웃지 않으려고 애를 쓰지
만 올라가는 입꼬리를 못 막는 게 다 보인다.

"자기밖에 모르는 아빠보다 낫네."

더 험한 말 나오기 전에 민세가 얼른 김 박사를 안방으로 밀
었다.

"간단하게 세수만 하고 나오셔. 밥 차려 놓을게."

"아이구야, 이게 웬 호강이냐."

김 박사는 못 이기는 척 등을 떠밀려 간다.

두 모자는 마주 앉아 밥을 먹는다. 엄마가 청국장을 한 숟가락 떠먹기를 기다려 민세가 물었다.

"맛이 어때?"

"흠, 그럴듯하다."

엄마도 아들도 밥을 한 그릇씩 비웠다. 밥을 먹는 동안 김 박사는 하고 싶은 말을 참는 눈치였다. 그건 엄마를 위해 밥을 차려 낸 아들의 노력에 대한 최대한의 보답이었다. 숟가락을 놓으면서 김 박사가 말했다.

"광호는 어떻게 된 거야."

민세는 사실 그대로 말하고 이렇게 덧붙였다.

"힘은 약한 애들 괴롭히라고 있는 게 아니잖아."

"그럼 어쩔 건데? 입이 터진 애가 너일 수도 있었어. 앞으로 함부로 나서지 마. 네가 더 힘이 셀 때 나서야 해. 봐 봐. 오늘 네가 나서서 뭐가 해결됐어? 네가 나서지 않았으면 광호는 이를 다치지 않았을 거야. 만약 네가 그 덩치 녀석들보다 월등하게 힘이 셌다면 일이 잘 해결될 수도 있었겠지. 그런데 봐, 지금은 아니잖아. 더 나빠졌잖아. 그러니 힘을 길러야 해. 그게 돈이 됐든 지위가 됐든 말이야. 그게 세상 이치야."

"……."

민세는 할 말이 생각나지 않았다. 엄마 말이 옳지 않은 것 같은데도 항변할 말이 떠오르질 않는다. 입을 열면 낱말은 되지 않는 짜증스러운 기호들만 내뱉을 것 같다. 민세가 침묵하자 김 박사는 기세가 올랐다.

"그니까 지금 네가 할 일은 공부야. 학생이 공부 말고 뭐 있어? 국제중학교를 갔어야 하는데, 그게 두고두고 아쉬워. 하지만 지금도 늦지 않았어. 고등학교를 잘 가면 돼. 진짜로 인생을 결정하는 건 고등학교니까. 다시는 그런 일에 끼어들지 마. 그럴 시간이 어디 있어? 공부하기에도 모자라잖아. 알아듣지?"

엄마가 다그친다. 귀에 딱지가 앉다 못해 아예 굳은살이 되어 버린 그 말들. 몇 마디 항변을 해 봐야 더 긴 한탄과 꾸짖음을 들어야 한다. 이때는 아주 간명한 답이 있다. 민세가 대답했다.

"알았어."

불만스러운 기를 쏙 뺀 담백한 말투에 김 박사가 눈을 둥그렇게 뜬다. 그러면서 한마디 더 다짐을 둔다.

"알았다고만 하지 말고, 행동을 그렇게 해 봐."

"응."

민세가 싹싹하게 대답하자 김 박사는 일어나서 설거지를 시작한다. 민세는 그릇을 날라다 주고 거실로 나왔다. 자기 방으로 가려다 민세는 설거지하는 김 박사 등을 물끄러미 바라보다가 물었다.

"엄마, 혹시 상림이라고 알아?"

"뭐? 상림?"

김 박사가 돌아보았다.

"응. 저쪽 강변에 있는데."

"상림? 못 들어 봤는데? 왜?"

"그래? 아, 아냐."

어떻게 그 넓은 곳을 모를 수가 있지? 민세는 고개를 갸웃했다. 바로 곁에 있는 사람 표정도 못 보는 게 사람 눈이라던 반달별의 말이 생각났다.

학교에 가지 않는 날이라 민세는 아침부터 상림에 갔다. 딱한 번 가 본 곳인데도 너무나 익숙했다. 마치 그곳에서 살아오기라도 한 것처럼. 이렇게 드넓은 곳을 김 박사가 모른다니 참

희한했다. 나중에 엄마랑 같이 와야겠다는 생각을 하면서 민세는 상림에 들어섰다.

"캉캉캉!"

사리가 달려왔다. 눈을 덮고 있는 긴 털이 바람에 날리고 까만 눈동자 두 개가 보인다. 머루알처럼 새까만 눈동자가 예쁘다. 민세가 손을 내밀자 사리가 분홍빛 혀를 내밀어 한 번 핥아 준다. 그리고 돌아서서 걷는다. 사리는 곧장 누비를 향해 갔는데, 누비 아래에는 두 사람이 앉아 있다.

"어, 민세, 마침 잘 왔어."

반달별이 앉은 채 팔을 번쩍 들어 흔든다. 반달별 앞에 앉았던 여자는 일어서서 민세를 바라본다. 중국 전통 옷인 치파오 차림이라 몸매가 도드라져 보인다. 키가 커 보였는데 가까이 서고 보니 민세 눈 밑에 정수리가 보인다. 하긴 민세가 열네 살 치고는 큰 편이긴 하다.

"여기는 포리. 지난번에 내가 얘기했지?"

"네. 안녕……하세요?"

앳된 얼굴의 포리지만 민세는 묘한 기운에 눌려 존댓말이 나왔다. 포리가 빙긋 웃었다.

"존댓말은 뭐. 말 편하게 해. 오민세라고? 금방 얘기 들었어.

반갑다."

"으응, 반가워요, 아니 반가워."

"깔깔깔. 그래, 그래."

"자, 자, 둘 다 앉아라. 차 한 잔 마셔야지? 오늘은 상지차다."

반달별이 하얀 도자기 주전자에 든 차를 따라 준다. 연노란색 차에서 하얀 김이 솔솔 올라온다. 민세는 한 모금 마셨다. 맛이 구수하다.

"상지차가 뭐예요?"

"말 그대로 뽕나무 가지를 말려서 우린 차지. 맛이 좋지?"

"네. 아주 좋은데요."

"그러엄. 허파, 심장, 콩팥, 창자에 좋고 머리털에도 좋아."

포리가 설명을 하자 반달별이 고개를 끄덕이며 말했다.

"그렇지. 그래서 내 머리카락이 이렇게 비단결 같잖니. 평생 상엽차, 상지차, 상백차를 마셨더니 말이야."

반달별은 자기의 은빛 머리카락을 두 손으로 추어올렸다.

"인정!"

포리가 엄지손가락을 세웠다. 근데 민세는 아무래도 좀 이상했다. 포리는 금발에 파란 눈, 누가 봐도 전형적인 외국인이다.

그런데 어떻게 이렇게 한국말을 잘하지? 한국에서 태어났나? 민세가 참지 못하고 물었다.

"포리 누나는 어느 나라 사람이야?"

"나? 내가 어느 나라 사람이죠?"

포리가 반달별을 보며 물었는데 반달별은 어깨를 으쓱하며 모른다는 뜻을 나타냈다. 그러자 포리는 이렇게 말했다.

"모르겠는데. 근데 왜?"

"아, 우리말을 너무 잘해서."

"우리말? 그건 또 뭐야?"

민세는 뭔가 이상하게 돌아간다는 생각이 들었다. 하지만 내친김이다.

"우리말은 한국말…… 한국이 우리나라니까."

"아, 그런 뜻이야? 그럼 나는 우리말이 많은 셈이네. 나는 영어도 잘하고, 프랑스어도 잘하고, 중국어도 잘하고, 일본어도 잘해. 이탈리아어와 한국어를 조금 더 잘하긴 하지."

"에?"

놀란 민세는 눈도 입도 다 크게 벌어졌다.

"맞아, 민세야. 포리는 못 알아듣는 말이 없단다. 아주 특별한 능력을 타고난 거지. 며칠 전에는 UN에서 연설했는데, 다른 사람들은 동시통역기를 귀에 꼽아야 되지만 포리는 그게 필요 없지. 비바!"

"우아!"

민세는 말문이 막혀 탄성만 질렀다.

"풋! 민세, 뭘 그렇게 놀라. 알고 보면 사람은 말이야, 어마어마한 능력을 다 갖고 있어. 몰라서 그렇지."

"어마어마한 능력? 나는 겨우 영어나 좀 하는 정도인데……."

민세는 유치원 때부터 영어는 희한하게 재미있어서 열심히 했다. 그 덕에 민세는 영어로 의사소통은 되는 편이다.

"언어 능력뿐만이 아니지. 사람이 가진 능력은 종류가 많아. 셀 수도 없다는 거. 민세도 잘 찾아봐. 나보다 뛰어난 게 많을 걸."

포리가 격려하듯 말한다. 민세는 꿈을 꾸는 것 같다. 상림은 분명 꿈속의 세계일 것이다. 그렇다면 그냥 즐기면 되지 않겠나, 그런 생각이 들었다. 현실이 꿈이고 꿈이 현실일 수도 있으니까. 그러자 민세는 마음이 편안하게 가라앉았다. 민세는 상지차를 후루룩 마셨다. 반달별이 잔을 또 채워 준다. 민세는 한잔 더 마셨다. 목구멍을 타고 내려가는 차의 기운이 따스하다.

"아, 좋네요. 이렇게 마음이 편해질 수 있다니. 엄마가 아무리 짜증스럽게 말해도 다 들어 줄 수 있을 것 같아요."

민세는 의자에 등을 기대고 고개를 들어 누비를 바라보며 중얼거렸다. 누비의 푸른 잎사귀 사이로 하얀 햇빛이 반짝거리다가 주루룩 노란 햇살이 쏟아져 들어온다. 반달별이 말했다.

"그래. 그렇게 힘이 생겨 가는 거야. 가족이 원래 가장 힘든 거거든. 사랑도 미움도 연민도 기쁨도 가족보다 깊은 관계가 있을까. 관계를 잘 만드는 데는 단단한 힘이 필요하지. 그 힘은 뭐랄까, 배려라고나 할까. 서로 상처를 주는 가족은 배려는 하지 않고, 사랑한다는 말로 다 덮으려 해. 내가 원하는 것을 자식이나 부모가 해 주길 바라면서, 그걸 사랑이라고 말하는 경우가 많지."

"맞아요. 우리 엄마도 안 그런 것 같으면서도 가끔 나한테 그래요. '넌 내 생각은 좀 안 하니?' 하고요. 물론 농담식이긴 하지만요."

포리가 반달별 말에 맞장구를 친다.

"그렇지. 포리 엄마도 그럴 정도이니. 부모가 자식에 대한 욕망을 내려놓는 게 얼마나 어려운 일인지 알 만하다."

두 사람 말을 듣고 있던 민세는 '포리 엄마'라는 사람이 궁금해졌다.

"포리 누나, 누나네 엄마는 어떤 분이야?"

그 순간, 김 박사 얼굴이 잠깐 떠올랐다가 사라졌다.

"우리 엄마는 엔지니어야. 인공 지능, 그중에서도 머신 러닝 설계. 이탈리아 나폴리에 살아. 회사는 딥마인드라고 영국에 있지만 집에서 원격 근무를 하지."

"이탈리아? 근데 누나는 어떻게 여기에 왔어?"

"뭐, 그것도 인연이라면 인연인데. 내 바이오로지컬 파더가 한국인이야."

"바이오로지컬 파더라면…… 생물학적 아버지가 한국인? 그럼……."

"그래. 우리 엄마 발레리아는 비혼모야. 결혼은 안 하고 정자은행에서 정자를 받아 아이만 낳았지. 그 아이가 나야. 생물학적인 아버지는 한국인이라는데 아직 만나 보지는 못했어. 한번 봤으면 하지만 뭐 꼭 안 만나도 되고."

"우아."

민세는 또 입이 쩍 벌어졌다. 이곳 상림에서는 들으면 들을수록 새로운 이야기가 많다. 포리가 계속 말했다.

"엄마는 늘 말했어. '너는 나를 통해서 세상에 왔을 뿐이다. 나는 통로일 뿐이지. 그런데 내가 너의 통로가 되기를 원했으니 책임을 질 거야. 건강하게 잘 살아갈 수 있도록 말이지. 물론 책임만 질 거고 권리 주장은 안 할 생각이야.' 이렇게 산뜻하게 말하곤 했지. 아주 어릴 땐 통로일 뿐이란 말이 섭섭했는데, 열다섯 살이 된 작년부턴 그 말이 정말 멋진 말이란 걸 알게 되었지. 그러면서 엄마에 대한 존경심과 사랑이 퐁퐁 솟는 거 있지."

"하하. 근데 '넌 내 생각은 좀 안 하니?' 그 말은 언제 했어? 그건 살짝 권리 주장 같은데 말이다."

반달별이 묻자 포리가 찻잔을 들어 상지차를 한 모금 마셨다.

"지난달 독일에 갔을 때요. 일정 때문에 나폴리 엄마 집에 들르지 못한다고 했더니 그러더라고요. 그 말을 들으니 맘이 좀 안 좋았어요. 얼굴 보면서 뭔가 얘기하고 싶은 게 있나 싶기도 하고요."

"그럼. 왜 안 그렇겠어. 조만간 시간 내서 한번 가 봐라. 가족이란 그런 거니까."

"네."

민세는 자연스럽게 엄마 김 박사를 생각했다. 포리네 엄마보다 김 박사는 엄청나게 권리를 주장하는 셈이다. 너는 내 아들이니까 내가 원하는 대로 할 의무가 있다. 생각해 보면 그랬다. 포리네 엄마처럼 '책임만 지고 권리 주장은 하지 않을 거다.'라고 말한 적이 한 번도 없다. 책임을 지는 대신에 내 권리를 확실하게 행사하겠다는 의지가 확고한 김 박사다. 거기에 생각이 미치자 민세는 포리가 부러웠다. 포리네 엄마 발레리아처럼 아주 가끔 '너는 내 생각은 좀 안 하니?' 하고 말한다면 열 일 제치고 달려갈 것이다. 달려가서 '엄마, 무슨 일이야? 응? 어서 말해 봐.' 하고 물어볼 것이다.

그때 고양이가 소리를 냈다.

"아옹, 아옹."

"오옹, 두강이. 어디 있다 왔엉."

포리는 고양이 소리 비슷하게 말하면서 두강이 턱밑을 손가락으로 만졌다. 두강이가 오른쪽 앞발을 들어 포리 손바닥을 꾹꾹 눌렀다.

포리가 손을 놓자 두강이가 어슬렁거리며 원탑 쪽으로 걸어갔다. 포리가 일어섰다. 민세도 따라 일어섰다.

"포리 누나. 원탑 구경해도 돼?"

"그 말 왜 안 하나 했다. 고우!"

포리가 치파오 자락을 휘날리며 걸어간다. 민세는 포리 바로 옆에 서서 걸었다.

3층 높이 원탑 앞에 섰다. 마치 땅에서 불쑥 솟은 원기둥 같다. 오래되어 검게 변한 콘크리트가 둥글게 한층씩 차곡차곡 쌓여 올라갔다. 표면은 매끄럽고 그 어디에도 문처럼 생긴 건 없다.

민세는 호기심 가득한 얼굴로 포리를 본다. 물을 것도 없다. 포리는 어떤 방식으로든 저 원탑에 들어갈 거니까. '나는 그저 따라 들어가면 되지.' 하고 민세는 기다렸다.

"두강아!"

포리가 고양이를 불렀다. 두강이는 민세와 포리보다 먼저 원탑에 도착해 둥근 벽에 기대앉아 기다리는 중이었다.

"앙옹!"

두강이가 대답하더니 둥근 벽을 타고 오르기 시작한다. 미끄러운 시멘트벽을 두강이는 잘도 올라간다. 한 번 헛발질을 해서 조금 미끄러지기는 했지만, 두강이는 금방 꼭대기까지 올라갔다. 꼭대기의 둥근 유리창 턱에 도착한 두강이는 포리와 민세를 내려다보며 "아오옹." 소리를 냈다. 그리고 앞발로 뭔가를 꾹 누르는 동작을 한다.

"좌르륵."

작은 바퀴들이 레일 위를 구르는 소리가 나고 바닥과 맞닿은 원탑의 한쪽이 열렸다. 포리와 민세가 서 있는 바로 앞이다.

"문 열렸다. 들어가자."

문은 두 사람이 나란히 서서 들어갈 꼭 그만큼 너비로 열렸다. 그런데 한쪽이 열리다가 멈췄다. 뭔가에 걸린 모양이다. 포리가 문을 잡고 밀다가 말했다.

"뭐 해? 도와줘."

"응? 알았어."

민세는 급히 쫓아가 같이 문을 밀었다. 드륵, 드륵 소리를 내더니 문이 밀려 들어간다.

"오래돼서 말이야. 부드럽지 않네."

포리가 손을 탁탁 털었다. 민세는 좀 의아했다. 포리가 손목에 찬 시계 같은 걸로 버튼을 딱 누르면 원탑의 벽면이 소리도 없이 스르릉 열리지 않을까? 민세는 그런 기대를 했던 거다. 그런데 이게 뭐람. 삐걱거리는 문이라니. 약간 실망은 했지만 뭐 어쨌거나 민세는 포리를 따라 안으로 들어갔다.

내부는 정말 아담했다. 밖에서 본 것처럼 3층이긴 한데 막 들어선 1층은 스카이 팰리스 민세의 방보다 훨씬 작았다. 누우면 좀 좁지 않을까 싶은 침대 하나, 고가구점에서 그냥 얻어 온 듯한 나무 책상과 의자가 한 개씩, 그리고 옷을 거는 행거 하나. 1층엔 그게 다였다.

"와이? 뜻밖이야? 내가 이렇게 검소한 사람이라고. 놀랍지? 따라와. 위층도 보여 줄게."

포리가 벽에 붙은 계단을 걸어 올라갔다. 민세가 뒤따라가면서 중얼거렸다.

"답답하네."

"답답하다니, 뭐가?"

포리가 돌아보며 묻자 민세가 대답했다.

"왜 계단으로 걸어? 요즘 같은 세상에. 작은 엘리베이터라도 하나 놓지. 하다못해 긴 봉이라도 하나 설치하지. 도르래 연결해서 타고 올라갔다 타고 내려오면 좋잖아."

"아, 그런 거? 얼마든지 설치할 수 있지만 나는 계단이 좋아. 한 계단씩 걸으면서 생각도 좀 하고 말이야. 가끔은 계단에 앉아 있는 것도 좋고. 자, 봐 봐."

포리가 계단에 앉았다. 오른손으로 오른쪽 턱을 괴고 살짝 웃는다. 왼쪽 볼에 볼우물이 조그맣게 파인다. 민세는 문득 포리의 볼우물이 참 예쁘다는 생각을 했다.

"앉아 봐, 민세."

"으응."

민세는 얼굴을 조금 붉히면서 황급히 계단에 앉았다. 포리의 보조개를 바라보다 들킨 느낌이 들어서였다.

"좋지? 그렇지?"

"어, 뭐."

민세는 계단에 앉는 게 뭐가 좋은지 아무것도 모르겠다.

"야, 너 등판 넓다. 그림 하나 그려도 되겠다. 꽤 믿음직해 보이는걸?"

포리가 깔깔거리며 말했는데 민세는 그 말이 듣기 좋았다. 팔 굽혀 펴기와 철봉 운동을 더 열심히 해야겠다는 생각이 들었다.

"가자. 따라와."

포리가 다시 계단을 올라간다.

2층엔 컴퓨터 한 대와 대형 스크린이 있고 종이책이 꽂힌 책장 하나, LP 레코드가 가득한 장식장과 딱 보기에도 오래되어 보이는 전축과 큰 스피커가 있다. 3층은 천체 망원경 한 개와 의자 하나가 전부였다. 의자는 등받이가 길어서 눕히면 충분히 간이침대가 될 만했다. 지붕은 아래서 봤듯이 투명 유리였다. 아까 문을 열러 올라간 두강이는 유리창 창턱에 앉아 졸고 있다가 두 사람이 올라오자 눈을 번쩍 떴다. 포리가 두강이를 불렀다.

"두강아, 부탁해. 좀 열어 줘."

"아옹!"

두강이가 벽에 붙은 빨간 단추를 눌렀다. 빨간 단추 옆에는 노란 단추가 하나 더 있다. 유리 지붕이 양쪽으로 스르릉 갈라졌다. 바깥 공기가 그대로 쏟아져 들어온다. 하얀 새털도 하나 빙글빙글 날아 들어왔다.

"하하, 어때?"

포리가 자랑스러운 얼굴로 민세를 본다.

"오, 좋은데."

천창이 열리게 한 건 잘했다고 민세도 동의했다.

"밤에 천창을 다 열고, 별도 보고 달도 보고. 망원경으론 저 멀리 우주도 관찰하고 말이야."

"멋지다! 나도 언제 밤에 볼 수 있을까?"

"언제든."

포리 대답에 민세는 왠지 가슴이 뛰었다. 보조개가 예쁜 포리와 밤하늘 별도 보고 달도 본다. 2층 전축에 음악도 틀어 놓으면 좋겠지? 그런데 의자가 하나뿐이네. 의자가 한 개 더 있어야 하지 않나? 포리는 의자에 앉았고, 민세는 창턱에 걸터앉아 있었다. 민세가 그런 생각을 하는 중인데 포리가 물었다.

"뭘 멍을 때리고 있어?"

민세는 "아, 아무것도." 하고 피식 웃다가 엉뚱한 소리를 했다.

"근데 반달별은 왜 이름이 반달별이야?"

마침 별 얘기 달 얘기를 하고 있어서 자연스러운 질문처럼 되었다. 포리가 고개를 끄덕였다.

"좀 특이하지. 나도 궁금해서 물어봤어. 반은 달이고 반은 별이라서 그렇대. 자기는 달도 되었다가 별도 되었다가 하는데, 달일 땐 여자가 되고 별일 땐 남자가 된대."

"아, 그래서 그랬구나."

"뭐가?"

"남자 같은데 여자 같기도 하고 그렇더라고."

"그렇지. 근데 난 다 좋더라. 남자처럼 보이거나 여자처럼 보이거나 다."

"근데 반달별은 뭐 하는 사람이야? 이곳 관리인이라는데, 단순한 관리인 같지는 않아서."

"과학자야. 상림관 잠두랑 폴리관 루치아도 다 반달별이 탄생시켰지."

"와, 대단한 분이잖아. 어쩐지. 근데 누나는 어떻게 여기 있게 된 거야?"

"반달별을 만나서 오게 된 거지. 나는 반달별을 트래시아일스 국무회의 때 처음 만났어."

"트래시아일스? 그게 뭐야?"

"나라 이름인데, 사람들 관심이 없는 편이지. 잘 모르는 게 당연해. 북태평양에 있는 섬나라. 나는 트래시아일스에서 임명한 UN 대사야. 내가 세계의 모든 언어를 거의 다 구사하니까 말이야. 어때? 폼 좀 나니?"

"세상에, 대사라니. 그거 엄청 높은 사람 아냐?"

"별로. 일은 많은데 높은 사람인지는 모르겠다. 근데 너 트래시아일스가 어떤 나라인지 궁금하지 않니? 휴대폰 됐다 뭐해."

"아, 맞다."

민세는 얼른 휴대폰으로 트래시아일스를 검색했다. 민세 눈이 점점 커지면서 놀라더니 나중에는 '헐!' 하는 김빠지는 소리와 함께 웃었다.

"쓰레기 섬이라고?"

"제대로 찾았네."

포리가 고개를 끄덕였다.

"다양한 쓰레기가 있지만 가장 심각한 건 플라스틱이야. 플라스틱은 분해도 잘 안 되지만 분해되는 과정에서 나오는 미세 플라스틱은 해양 생물들에게 치명적이지. 그래서 트래시아일스의 화폐도 '더브리'야."

"더브리?"

민세가 되묻자 포리가 "보여 줄게, 이걸 봐 봐." 하더니 손으로 벽면을 쓰다듬었다. 그러자 스르릉, 조그만 벽장문이 열리고 동그란 빛이 쏟아져 나왔다. 빛은 천창이 열린 하늘에 둥글게 화면을 만들었다.

"잘 봐."

포리 말이 아니더라도 이미 민세 눈은 화면에 고정되었다. 화면에는 플라스틱 그물이 목에 칭칭 감긴 바다사자, 플라스틱 바다를 헤엄치는 고래, 쓰레기를 먹고 있는 바다거북 같은 해양 동물들이 나타났다. 끔찍했다. 민세는 저절로 얼굴이 찌푸

려졌다. 어마어마한 쓰레기가 바다 위에 둥둥 떠서 빙빙 돈다. 큰재 갈매기 한 마리가 쓰레기 더미에 앉았다가 발이 걸렸는지 퍼덕거린다. 나중엔 날개까지 줄에 매여 결국 물에 잠기고 만다.

"더브리는 쓰레기 더미란 뜻이야. 쓰레기 더미에서 죽어 가는 동물들 그림을 화폐에 담았지."

"어째 이런 일이."

"트래시아일스 국가 영토는 대한민국 땅보다 훨씬 커. 열여섯 밴가 그럴걸."

화면에는 끝이 보이지 않는 쓰레기 더미가 펼쳐진다. 지구의 큰 바다마다 쓰레기 더미가 쌓여 섬이 되어 있다.

"세상에…… 저런."

민세가 신음하듯 내뱉었다. 포리가 벽장문을 닫자 빛이 꺼지고 화면도 사라졌다. 다시 천창으로 오월의 맑은 하늘이 보인다. 포리가 말했다.

"여기서 천창을 열고 밤하늘 별을 계속 볼 수 있을까? 저렇게 트래시아일스 영토가 점점 넓어지고 있는데? 태평양뿐만이 아니거든. 지구의 다섯 개 해양 어디에나 쓰레기 섬이 있어. 생태계가 망가지면 이곳 원탑도 끝이야. 저 하늘의 달도 별도 더 이상 보기 어렵겠지. 하지만 나는 계속 이곳에 살고 싶어. 그게 내가 트래시아일스 UN 대사가 된 이유이기도 하고. 반달별도 그래서 만나게 된 거지."

"반달별은 무슨 역할을 해?"

"반달별은 로봇엔지니어지만 섬유전문가이기도 해."

"섬유전문가라면?"

"섬유는 천연섬유가 있고 합성섬유가 있어. 그건 알지?"

"정확하게는 잘 모르지."

민세가 뒷머리를 긁적이자 포리가 빙긋 웃었다. 그리고 아주 간략하게 설명을 해 줬다. 동물이나 식물에게서 얻는 섬유를 천연섬유라 하고 합성고분자를 원료로 화학적인 방법으로 만든 섬유를 인조섬유 또는 합성섬유라고 한다는 것. 천연섬유는 양털을 원료로 하는 양모나 누에고치에서 뽑는 실크 그리고 식물에서 추출한 면이 대표적이고 합성섬유는 폴리아미드와 폴리에스테르 그리고 아크릴 섬유를 3대 합성섬유라고 한다는 것 등등을 포리는 민세에게 설명했다. 이야기를 듣다가 민세가 불쑥 말했다.

"폴리에스테르, 들어 봤어. 나일론 맞지?"

"나일론은 폴리아미드지. 듣긴 들었는데 대충 들었네."

포리가 깔깔 웃고 나서 덧붙인다.

"반달별은 플라스틱 쓰레기를 섬유로 만드는 기술을 개발했어. 플라스틱으로 합성섬유 원료가 되는 나일론과 폴리에스테르를 만들 수 있거든. 폴리관 가 봤지?"

"응."

"바로 거기야. 플라스틱 재생섬유를 만드는 곳이. 루치아는 그곳 책임자고 나는 루치아의 동료 연구관이지."

"아, 그렇구나. 누나였구나. 루치아 동료라는 사람이."

"그래. 그리고 반달별은 지금 누군가를 기다리고 있대."

"누구를 기다려?"

"응. 상림관에는 잠두만 있잖아. 잠두의 동료 연구관이 될 사람을 기다린대. 그 사람은 달무늬와 별무늬를 가졌다든가, 그 무늬가 생긴다든가. 뭐 그랬던 것 같아."

"달무늬 별무늬라고…… 그건 자기잖아. 반달별."

"글쎄."

잠시 말이 끊어졌다. 따뜻한 바람이 열린 천창으로 불어 들어왔다. 아카시아 꽃향기도 같이 들어왔다. 민세는 창턱에서 내려와 벽에 등을 기대고 앉아 다리를 쭉 뻗었다. 몸이 새털처럼 가벼워지는 느낌이다. 언제 이렇게 편안한 몸일 때가 있었나, 기억이 가물가물하다. 포리가 깔깔 웃으며 말했다.

"놀러 와서 아주 눌러앉으려는 기세네."

"누나 집 좋다. 크다고 좋은 것만도 아냐."

민세는 늘 휑한 스카이 팰리스 아파트를 생각했다. 고급 가구들로 꾸몄지만 텅텅 비어 있는 방. 아빠는 그 화려한 방들을 떠나 산골짜기 컨테이너에서 지낸다. 그런데도 가끔 민세를 데리고 가서는 '세상 편하다'고 웃었다.

"콩콩콩!"

창으로 내려다보니 사리가 원탑 앞에 와서 올려다보고 있다. 포리가 사리에게 손을 흔들고 나서 민세에게 말했다.

"반달별이 오라네. 가자."

"응."

민세는 일어서다가 천창이 열린 걸 생각하고는 빨간 단추를 눌렀다. 천창 유리가 스르릉 닫히는데 갑자기 두강이가 "캬르릉, 캬르릉." 하고 사나운 소리를 내며 민세를 노려보았다. 꼬리는 수평으로 뻗어서 끝을 좌우로 흔든다. 두강이는 심지어 한 발 한 발 민세에게 다가선다. 민세는 당황했다.

"응? 야, 너, 왜?"

말이 툭툭 끊어지는 민세를 보고 포리가 두강이에게 말했다.

"두강아, 민세가 몰라서 그래. 한 번 봐줘."

포리의 부드러운 목소리에 두강이가 민세에게 다가들던 걸음을 멈췄다. 빳빳하던 꼬리도 슬그머니 내린다.

"뭔데? 내가 뭘 몰라?"

"그 빨간 단추 말이야. 그건 두강이 일이거든."

"참, 나. 누가 누르면 어때서 그래."

"그게 그렇지 않아. 두강이는 단추 누르는 걸 좋아해. 단추를 눌러서 문을 열고 닫는 걸 자기 일이라고 생각하지. 누군가 어떤 일을 좋아한다면 하게 해야지. 더구나 같이 사는 동료라면 더욱 필요한 예의이기도 하고."

"그렇다고 해도. 저렇게 성질을 부릴 일인가? 그건 모르겠네."

민세가 아랫입술을 쭉 내밀며 두강이를 바라보았다. 두강이가 캉, 소리를 내더니 두 앞발로 벽을 긁었다. 발톱이 다 밖으로 나왔다. 포리가 얼른 나섰다.

"두강아, 문 열어 줘."

두강이가 벽 긁던 걸 멈추고 얼른 노란 단추를 누른다. 몸짓이 아주 날랬다. 민세, 포리, 두강이 셋은 원탑을 나왔다.

반달별은 누비 아래에 잠두와 같이 있었다. 잠두의 몸이 햇살을 받아 눈이 부시다. 반달별이 포리와 민세, 누구에게랄 것도 없이 말했다.

"잠두와 함께 오스트레일리아에 좀 다녀와야겠어. 내가 가면 좋겠지만, 여길 비우기도 그렇고, 연구하던 문제의 실마리가 막 풀리려던 참이라 집중도 해야겠고. 누가 좀 가 줬으면 좋겠는데. 잠두랑 같이."

민세는 당연히 포리에게 하는 말이라고 여겼다. 민세야 뭘 아는 것도 없으니 말이다. 근데 분위기가 묘했다. 반달별도 포리도 심지어 잠두까지 다 민세를 바라보고 있다. 서로 어울려 장난을 치던 두강이와 사리까지 민세를 보고 있다.

"아니, 왜? 나를?"

민세는 자기 얼굴을 쓰다듬었다. 손에 묻어 나오는 건 아무것도 없다. 포리가 말했다.

"나는 금방 UN에 다녀왔고, 루치아와 할 일도 있어서 여길 떠날 수가 없어."

"그래서?"

민세는 무슨 말인지 통 느낌이 오지 않아 눈만 둥그렇게 떴다.

"이런, 느리기는."

포리가 픽 웃으며 민세 흉을 보고 나서는, 진지한 표정으로 말했다.

"민세 네가 다녀오라는 거야, 오스트레일리아에. 잠두와 같이."

"말도 안 돼! 진짜예요, 반달별?"

민세가 반달별을 바라보자 반달별이 고개를 크게 끄덕였다.

"뭐가 어렵니? 공항에 가서 비행기를 타면 오스트레일리아까지 데려다줄 거고, 공항에 내리면 기다리는 사람이 있어 안내해 줄 거고, 가서 할 일은 잠두가 다 알고 있으니 너는 잠두 옆에 꼭 붙어 있기만 하면 되는데."

"……."

사람이 너무나 갑작스러운 일을 당하면 말문이 막히기 마련이다. 민세가 지금 딱 그랬다.

"공짜다, 공짜. 누군가는 해외여행 한 번 가려고 몇 년씩 저축까지 한다는데. 이건 뭐 완전 복덩어리가 굴러 들어온 거잖아. 뭘 망설여. 얼른 예, 갈게요 해."

포리가 옆에서 재촉한다.

"아니 누나, 생각을 좀 해 봐. 난 학생이라고. 학교에 가야 해. 오스트레일리아에 다녀오려면…… 참, 며칠을 가는데요?"

민세가 반달별에게 물었다.

"10일 정도? 더 길어질 수도 있고."

"10일이라고요? 쉽지 않아요. 어렵습니다."

민세는 엄마 김 박사를 떠올리며 고개를 절레절레 저었다. 반달별이 빙긋 웃고 나서 말했다.

"생각하기 나름이지. 포리처럼 학교를 아예 안 다니는 사람도 있잖니. 혹시 아니? 오스트레일리아를 열흘 다녀오면 학교에서 배우는 것보다 더 많은 걸 얻을지."

민세는 지금 상황이 황당하기는 했지만 사실 속으로 은근히 끌리고 있는 중이다. 그리고 생각해 보니 반달별 말대로 포리는 학교에 다니지도 않는다. 그런데도 지금 아무런 문제도 없어 보인다. 아니, 훨씬 더 재미있고 가치 있는 삶을 사는 것 같다. 나라고 그러지 말라는 법은 없잖아, 하고 민세는 생각했다.

"가서 뭘 하는데요?"

민세가 묻자 반달별이 대답했다.

"어려운 건 하나도 없어. '토르앤울'에 가서 둘러보기만 하면 돼. 견학이라고나 할까. 여행 겸 견학. 아주 쉬운 일이야."

"토르앤울이요?"

"응. 우리 상림 같은 곳이라 할 수 있지. 대한민국엔 상림, 오스트레일리아엔 토르앤울."

"아…… 네."

민세 눈에 호기심이 반짝인다.

"훗. 가기로 마음을 거의 굳혔나 보지?"

포리가 보조개를 쏙 집어넣으며 웃었다. 잠두는 긴 팔로 민세 어깨를 툭툭 건드리며 말했다.

"내가 잘해 줄게. 나만 믿어."

잠두의 목소리는 비단이 몸에 사라락 감기는 느낌을 준다. 따뜻하다. 민세는 마음속으로 생각한다.

'그래, 못 갈 게 뭐야.'

김 박사가 길길이 뛸 수도 있지만 그건 견뎌 내면 된다. 그렇게 다짐을 하고 민세는 누비를 바라보았다. 응? 지난번에 얼핏 보았던 하얀 원통 같은 것이 누비의 가지 사이로 이번엔 또렷이 보인다. 누비의 넓은 가지 사이에 튼튼하게 올라앉은 원통은 꽤 컸다. 어른 네다섯 명은 충분히 들어갈 만한 크기로 보인다. 민세가 좀 더 자세히 보려는데 하얀 원통이 홀연히 사라졌다. 민세가 눈을 비비며 누비를 다시 올려다보자 반달별이 물었다.

"누비에 또 뭔가 있는 모양이다?"

"저거 왜 보이다 안 보이다 해요? 하얀 원통 같은 거."

"하얀 원통이라."

반달별이 빙긋 웃더니 말을 이었다.

"아직 때가 덜 된 모양이지. 뭐든지 때가 있어. 보는 것도 듣는 것도 느끼는 것도 다 그래. 급할 필요는 없어. 기다리면 되니까. 비바!"

"…… 네."

민세가 머뭇거리며 대답하는데, 반달별이 주머니에서 명함을 하나 꺼내줬다.

"이게 도움이 될 거다. 부모님과 협상할 때."

"협상이라고요?"

민세가 푸홋, 소리 내어 웃으며 명함을 받아 들었다. 명함은 영어와 숫자로 되어 있다. 'ULLR'라고 큼직하게 쓰인 밑에 +6102 2022 4785라고 되어 있다.

김 박사는 민세가 생각한 그대로였다. 첫 두 마디도 민세가 짐작한 낱말들이 토씨 하나 다르지 않고 똑같았다.

"너 미쳤니? 내가 못 살아."

그리고 이어지는 한탄.

"너 점점 왜 이래? 아빠 하나로도 모자라 너까지 이럴래. 내가 숨 막혀 죽는 꼴을 볼 거야? 부자가 아주 쌍으로 사람을 잡는구나."

민세는 그냥 들었다. 어차피 맞아야 할 빗줄기였다.

"도대체 누구야? 미성년자를 꼬드겨서 해외에 팔아먹는 작자 아냐? 요즘 세상에 누가 공짜로 해외여행을 시켜 줘. 너, 헛

똑똑이로구나. 혼자 잘난 척은 다 하더니. 아무래도 안 되겠다. 너, 아빠 오라고 해."

아빠 오 선생에게 불똥이 튀는 건 당연했다. 민세가 전화를 하자 오 선생은 곧바로 달려왔다. 오 선생도 들어오자마자 세찬 소나기를 맞아야 했다.

"이걸 보라고. 당신의 무책임한 행동 결과가 어떤지. 오민세! 너 아까 한 말 다시 해 봐. 당신도 아빠 노릇을 좀 하고 살아."

오 선생은 우비도 없이 소나기를 맞으면서도 넉살 좋게 두 손을 모아서 김 박사에게 흔들었다.

"여보, 쏘리! 근데 민세야, 뭔 일이야?"

민세는 김 박사에게 한 말을 다시 반복했다. 학교에 열흘간 체험학습 신청서를 내고 오스트레일리아에 가겠다. 여행경비는 대 주겠다는 사람이 있다. 학교에서 배우는 것보다 훨씬 가치 있는 일들을 많이 배울 것 같다. 무엇보다 나는 정말 가고 싶다. 이런 요지로 이야기를 했다.

"흠."

오 선생은 팔꿈치를 자기 무릎에 대고 두 손으로 턱을 받친 채 생각을 한다. 아주 진지하고 심각하게 생각하는 자세다. 김 박사가 퉁을 준다.

"뭘 생각해. 저 기막힌 소리를 듣고 뭘 생각하냐고. 당장 안 된다고 해!"

"여보, 잠깐만. 민세가 정말 가고 싶다고 하잖아. 난 안전만 보장된다면 보내도 좋다고 보는데?"

"뭐야? 나 참, 아빠가 저러니 얘가 뭘 보고 배우냐고."

김 박사 눈에 살짝 후회하는 빛이 지나갔다. 괜히 오 선생을 불러서 민세를 도와주는 꼴이 된 것 같다는 생각을 하는 것이다. 김 박사는 오금을 박았다.

"안 돼! 절대 안 돼!"

"아니, 여보. 잠깐 여유를 갖고 생각을 해 보자. 사람들은 일부러 돈 들여서 해외 체험학습을 보내잖아. 오스트레일리아라면 꽤 매력이 있는 나라잖아. 나도 대학 때 영어연수를 하러 갔었는데 참 좋았어."

경험을 가지고 얘기하면 원래 설득력이 센 편이다. 김 박사도 오 선생 대학 얘기가 나오자 눈매가 조금 부드러워진다. 그 좋았던 대학 시절 설레던 연애의 추억.

"우리 시드니도 같이 갔었잖아. 그때 우리 정말 좋았는데."

오 선생이 흐뭇한 표정으로 아내 김 박사를 본다.

"흥. 아무것도 모를 때니까 그렇지."

김 박사는 말은 그렇게 하면서도 한결 누그러진 표정이다. 오 선생은 때를 놓치지 않았다.

"다양한 경험이 쌓여 삶을 풍족하게 하잖아. 나는 어딜 가는지, 누구랑 가는지만 알면 보내 줘도 된다고 생각해. 민세도 이젠 어린애 아냐. 세상이 가장 무서워한다는 중학생인데 뭘 못 하겠어."

"참, 나."

김 박사가 픽 웃었다. 오 선생이 짐짓 엄한 얼굴로 민세에게 말했다.

"자, 털어놓으시지? 누구랑 어디로 가는 거야, 아드님?"

민세는 순간 반달별이 준 명함이 생각났다. 반달별이 '도움'이 될 거라는 말도. 민세가 명함을 아빠에게 내밀었다. 오 선생은 명함을 들여다보더니 전화를 걸었다. "뚜뚜뚜" 세 번 신호음이 울리고 전화가 연결되었다.

"헬로!"

오 선생이 인사말을 하더니 유창한 영어로 대화를 시작한다. 민세 이름도 나오고 '울루'란 이름도 나오고 한참 통화를 한다. 김 박사와 민세는 잠자코 지켜본다. 통화를 하는 오 선생 표정이 점점 밝아진다. 전화를 끊고 나서 오 선생이 아내와

아들에게 말했다.

"와! 민세야, 너 어떻게 이런 기회를 얻었어? 대단한 곳인데? 이 명함 주인은 울루라는 사람인데 오스트레일리아 양모 생산위원회 회장이래. 반달별이란 사람이 누구야? 세계적인 섬유 연구자라며? 이 분을 오스트레일리아 양모생산위원회에서 공식 초청을 했다는데. 초청자 명단 중에 '오민세'도 떡하니 있대. 와우."

오 선생 입에서 침방울이 막 튀었다. 오 선생이 김 박사를 보며 감탄을 쏟아놓는다.

"여보, 당신 아들 민세가 언제 이렇게 컸데? 장하다, 장해."

"그, 뭐."

김 박사는 얼떨떨한 표정이다. 하지만 자식이 장하다는데 어떤 엄마가 싫을까. 민세는 엄마 얼굴이 확 풀리는 걸 보았다. 때는 이때다, 하고 민세가 말했다.

"엄마, 오스트레일리아에서 체험한 것을 보고서로 써서 낼게. 내신 성적에 오히려 큰 도움이 될 거야."

김 박사가 민세를 흘겨보며 "말은 참 잘 하네." 하는데 말투가 부드러웠다.

"좋아. 반드시 보고서를 내도록 해. 물론 잘 써야 되고."

김 박사가 오 선생을 부른 덕에 민세는 일이 잘 풀렸다. 세상사는 참 알 수 없다. 전혀 생각하지도 못한 방향으로 결론 나는 일이 얼마나 많은지.

오스트레일리아로 가는 날이다. 오 선생이 혼자 공항에 데려다준다고 하는데도 김 박사는 병원 문을 닫고 굳이 동행했다. 뜻밖에도 공항에 나타난 사람은 반달별이었다. 누에 모양을 한 잠두가 나타나면 김 박사가 또 한바탕 소동을 벌이지 않을까 걱정하고 있었는데, 민세는 한편 다행스럽긴 했다.

반달별과 오 선생, 김 박사는 반갑게 인사를 나눴다. 오 선생과 김 박사는 반달별 모습에 한결 마음이 놓인 표정이다. 그렇긴 하다. 반달별의 푸근한 인상과 따뜻한 말투는 사람을 편안하게 하는 힘이 있다. 몇 마디 이야기를 나눠 보면 자연스럽게 믿음도 생겨난다. 하지만 김 박사는 민세에게 한마디 다짐을 잊지 않았다.

"정신 똑바로 차리고 다녀."

아무 걱정 마시라고, 민세는 가슴을 쫙 펴고 대답해 엄마를 안심시켰다.

여객기를 타기 위해 통로를 걸어가면서 민세가 반달별에게 물었다.

"잠두가 가기로 했잖아요. 왜?"

"민세, 나 잠두야."

"응?"

"하하. 몰랐구나. 내가 젤 잘하는 게 변신이야. 나는 꼼짝 안 하는 알이 될 수도 있고, 훨훨 나는 나방도 될 수 있지. 보여 줘?"

"여기서? 아니, 아니. 됐어. 사람들 놀라겠다."

"알았어. 변신 보고 싶으면 말해. 언제든 가능하니까."

"응."

민세는 반달별로 변신한 잠두의 손을 잡았다. 손 느낌은 역시 잠두였다. 부드럽기 그지없는 실크의 감촉. 민세가 잠두 손을 꼭 잡으며 말했다.

"나도 너처럼 자유롭게 변신을 할 수 있으면 좋겠다."

"가능할걸?"

잠두가 대답했다. 민세가 고개를 세게 흔들었다.

"안 돼. 그런 사람은 못 봤어. 공상과학에나 있는 이야기지."

"공상과학이라고? 꼭 그런 건 아냐. 믿음의 차이일 뿐이지. 비바!"

"믿음 차이?"

민세가 되새기다가 "너, '비바!'까지 따라 하냐?" 하고 웃자 잠두가 대답했다.

"물론이지. 하려면 똑같이 해야지. 비바 라 비다!"

"참, 웃긴다, 너. 근데 라 비다는 또 뭐야?"

"비바는 비바 라 비다를 줄인 거래. 그니까 비바나 비바 라 비다나 다 같은 거지. 반달별이 그랬어."

"아."

그러는 동안에 비행기에 도착했다. 승무원이 활짝 웃으며 손님을 맞이한다.

시드니 국제공항에 도착했다. 시드니는 오스트레일리아 뉴사우스웨일스주의 중심 도시다. 지구에서 양모를 가장 많이 생산하는 나라가 오스트레일리아이고 뉴사우스웨일스는 오스트레일리아에서도 양모 생산이 가장 많은 지역이다.

"토르앤울은 어디에 있어? 여기서 멀어?"

비행기가 고도를 낮춰 착륙을 준비할 때 민세가 물었다. 잠두는 여전히 반달별로 변신해 있는 중이다. 잠두-반달별이 대답했다.

"보크까지 가야 해. 달링강이 만들어 낸 초원 지대야. 시드니에서도 한참은 더 가야지."

"오늘?"

"응. 울루가 입국장에서 우릴 기다린다고 했어."

"궁금하다. 어떤 분인지. 그건 그렇고, 우리 관광도 많이 할 거지?"

"당연하지. 노는 게 무엇보다 중요하니까."

"로봇도 노는 걸 아나?"

"이거 왜 이러실까? 그 말은 위험해. 거의 인종 차별성 발언으로 들리는걸."

잠두-반달별이 경고했다. 민세는 기분이 좋아 너무 생각 없이 말했다는 걸 깨달았다. 말이 너무 빗나갔다.

"아, 미안."

민세가 싹싹하게 사과하자 잠두-반달별이 엄포를 놓는다.

"두 번째는 진심으로 보겠어. 앞으로 조심하도록."

역시 입국장에는 울루가 나와 있었다. 울루는 쉰 살쯤 되어 보이는 가늘고 긴 중년 남자로 검은 양모 바지에 하얀 양모 셔츠를 입고 있었다. 반달별과는 이미 아는 사이라, 잠두-반달별을 금방 알아보고 손을 번쩍 들면서 다가왔다. 잠두-반달별도 두 팔을 들고 마구 흔들어댔다. 잠두가 겉모습만 반달별로 변신을 한 것이 아니라 내면까지 다 바뀐 걸까? 민세는 궁금했지만 지금 물어볼 수는 없었다. 울루가 반달별과 악수를 하면서 말했다.

"오우, 반달별! 잠두를 보낸다고 하지 않았나요?"

"하하. 저 잠두입니다. 반달별로 변신하고 있어요."

"오오. 그렇죠, 참. 잠두는 변신 달인이지. 잘 왔어요, 잠두!"

울루가 높고 유쾌한 목소리로 말한다. 두 사람이 영어로 인사를 나누고 있지만 민세는 그 정도는 다 알아들을 수 있었다. 멀뚱히 서 있는 민세를 잠두와 울루가 한꺼번에 바라본다.

"오우, 민세."

울루가 민세에게 손을 내밀었다. 민세도 손을 내밀어 악수했다. 민세 손을 꽉 잡고 울루가 말했다.

"환영합니다. 잘 왔어요. 이제 차를 타고 이동할 겁니다."

"네, 초청해 주셔서 감사해요. 정말 오고 싶은 곳이었어요."

민세가 고개를 살짝 숙여 인사했다. 그런데 울루가 고개를 갸웃하며 잠두-반달별을 바라본다. 잠두-반달별이 민세 말을 영어로 통역해 줬다. 민세가 한국말로 인사말을 한 것이다.

그러자 울루가 손바닥으로 자기 머리를 툭 치더니, 주머니에서 에어팟 두 개를 꺼냈다. 한 개는 민세에게 내밀고 한 개는 자기 귀에 끼웠다. 민세가 손에 들고만 있자 귀에 끼우라고 손짓을 한다. 민세는 오른쪽 귀에 끼웠다.

"잘 들리죠? 민세?"

희한한 일이 일어났다. 울루가 분명 영어로 말하는데 민세 오른쪽 귀에 한국어로 들린다.

"동시통역기입니다. 민세가 말하면 나도 영어로 들을 수 있어요. 내가 한국말을 잘 못해서요."

"아, 그럼 제가 영어로 할게요."

민세가 에어팟을 울루에게 돌려주며 말했다. 울루는 "오!" 하고 감탄사를 내뱉으며 에어팟을 받았다.

울루는 이야기를 즐기는 사람이었다. 운전하면서 이야기를 했는데, 간간이 룸미러로 뒤에 앉은 손님들과 눈을 맞추려고 애썼다. 민세와는 눈이 마주칠 때마다 눈을 반달로 만들어 웃었다.

"나는 '울'이란 말을 참 좋아합니다. 내 이름에 울이 들어 있어서 그러는 건 아닙니다. 물론 그것도 내가 울을 좋아하는 이유 중 한 가지라는 걸 인정하기는 하지만 말입니다. 울은 내가 세상에서 가장 좋아하는 양모를 뜻하는 말입니다. 울, 울, 하고 발음을 하면 기분까지 좋아진다니까요."

"울, 울."

민세도 따라 해 봤다. 그러자 잠두-반달별도 "울, 울." 하고 소리를 낸다. 울루가 푸하핫, 소리를 내며 호탕하게 웃어댔다.

"좋죠? 울, 울, 울. 뭔가 기분이 상쾌해지지 않습니까?"

"네, 그렇습니다."

잠두-반달별이 곧바로 응답하자 울루가 룸미러로 민세에게 눈을 맞추며 물었다.

"민세는?"

굳이 확인하고 싶어 하는 울루의 마음을 외면할 수 없어 민세도 기꺼이 긍정 반응을 보내 줬다.

"좋아요, 울, 울!"

"하하핫. 자꾸 소리 내고 싶어지죠? 근데요, 울에는 또 다른 비밀이 있답니다."

울루는 이야기를 할 줄 아는 사람이었다. 듣는 사람을 자기 이야기로 끌어들이는 방법을 적절하게 쓸 줄 알았다. 또 다른 비밀이 있다는 말에 민세는 귀를 기울이게 되었다.

"울이 누구냐 하면요. 천둥신 토르의 아들이에요. 아주 잘생긴 인물이죠. 눈 신발을 신고 사냥을 잘하고 특히 활을 잘 쏘는 신이에요. 신들의 제왕 오딘이 이런 말을 했죠. '나를 도와주는 자에겐 '울의 호의'를 상으로 주겠다.' 울의 호의가 큰 상이 된다니까, 생각해 보세요. 우리는 누군가 나에게 호의를 가지고 있다는 걸 알 때 마음이 따뜻해지죠. 더구나 나에게 호의를 가진 사람이 울 같은 신이라면 더더욱 큰 힘을 얻게 되는 거죠. 사람들은 결투를 한다거나 어떤 크고 중요한 일을 앞두고 있을 때, 울을 부르면서 도움을 빌기도 한답니다. 울이 나에게 호의를 가지고 도와주길 바라는 거죠."

"아, 그렇군요. 양모가 사람들을 따뜻하게 감싸 주듯이 울이란 신도 그런 일을 하겠군요."

잠두―반달별이 호응하는 중에 민세는 쇠망치를 든 토르를 생각하고 있었다. 토르가 망치로 내려치면 벼락이 떨어진다. 토르는 신과 인간 세계의 종말인 라그나뢰크를 막기 위해 애를 쓰는 신이기도 하다.

"내 얘기가 어때요, 민세는?"

또 울루가 굳이 민세 의견을 물어 왔다.

"토르는 힘이 강하고 정의롭잖아요. 거칠게 쇠망치를 휘두

르고 즉흥적이고 기분파이긴 하지만요. 근데 울은 아버지에게 부족한 따뜻함까지 갖춘 자애로운 신이라는 거잖아요. 강한 아버지와 자애로운 아들, 두 신이 조화를 이룬다면 더할 나위 없이 좋지요."

"와우! 브라보, 민세! 훌륭해요. 그래서 우리 연구소 이름이 '토르앤울'이랍니다."

"아!"

민세가 감탄사를 내뱉었다. 민세는 토르앤울이 상림과 같은 곳이라던 반달별의 말을 생각했다. 좋은 이름이구나. 민세는 처음 보는 울루에게도 신뢰감이 쑥쑥 올라가는 걸 느낀다. 누군가를 믿게 된다는 건 기분 좋은 일이다.

"토르도 그렇고 울도 그렇고 세계의 종말을 막으려고 애를 쓰잖아요. 우리 연구소도 중요한 목표가 그것이니까요. 우리는 섬유 전문가잖아요. 나는 섬유 중에서도 양모 전문가예요. 양모를 잘 연구해서 지속 가능한 지구를 만드는 데 도움을 주고 싶습니다. 자, 내 셔츠 냄새를 한번 맡아 보시겠어요?"

울루가 뒤쪽으로 팔을 쭉 뻗었다. 잠두-반달별이 코를 대고 흠흠하더니 민세에게 맡아 보라고 눈짓을 한다. 민세도 잠두-반달별처럼 코를 대고 냄새를 맡았다. 별다른 냄새가 없다. 잠두-반달별이 말하라는 눈짓을 한다. 민세는 고개를 갸웃했다. 그렇게나 말을 잘하던 잠두-반달별인데 왜 말을 안 하지? 혹시 냄새를 못 맡나? 전자 코가 없나? 그런 생각을 하면서 민세가 울루에게 말했다.

"아무런 냄새도 없는데요?"

"그렇죠? 이 셔츠는 세탁을 안 한 지 오래되었어요. 지금 6월인데 4월부터 입었죠. 냄새도 안 나고, 보세요, 하얀 옷인데 때도 없죠?"

"우아! 정말 대단하군요."

잠두-반달별이 소리쳤다. 민세도 놀라서 눈이 휘둥그레졌다.

"바로 그겁니다. 세탁을 하려면 물을 오염시켜야 하고, 드라이 클리닝을 하려 해도 에너지를 많이 소비하죠. 세탁을 오래도록 안 해도 되는 옷이라면 지구 환경을 지키는 데 큰 도움이 되겠죠? 우리 토르앤울이 하는 일입니다. 손님들을 위해 내일 토르앤울을 활짝 열어 둘게요. 마음껏 둘러보세요."

달링강 옆 숙소에 도착했다. 드넓은 초원에 수를 셀 수 없는 양 떼가 노는 곳이었다. 울루는 숙소에 있는 식당에서 저녁을 먹자고 한다. 몇 가지 생선 요리와 미트파이를 주문했다. 울루가 이 지역에서 첫손가락 꼽는 맛집이라고 추켜세웠다. 잠두-반달별은 아무것도 주문하지 않았다. 울루도 당연히 잠두-반달별의 음식은 시키지 않는데, 주문을 받던 식당 주인이 걱정을 많이 한다.

"여행 다닐 때, 타국의 음식이 입에 맞지 않아 저도 고생을 하곤 한답니다. 죽이라도 좀 끓일까요?"

그러자 잠두-반달별이 껄껄 웃으며 대답했다.

"저는 가끔 단식을 합니다. 그게 몸에 좋거든요. 특히 외국 여행을 다닐 때 주로 단식을 하지요. 이번에도 그렇고요. 보통 열흘 정도 하는데 길게는 보름도 하지요."

"아, 그렇습니까?"

식당 주인 표정이 밝아졌다. 울루도 씩 웃으며 고개를 끄덕끄덕했다. 민세는 잠두-반달별의 머리가 팽팽 잘 돌아간다고 생각했다. 이제 더 이상 먹는 것 가지고 식당 주인이 걱정을 하지 않을 것이기에 그렇다. 이곳에서 계속 머무르며 밥을 먹어야 하는데, 한 방에 문제를 해결한 셈이다. 정갈하게 차려져 나온 음식을 민세는 아주 맛있게 잘 먹었다.

울루는 내일 아침에 오겠다며 차를 몰고 떠났다.

민세와 잠두-반달별은 방으로 들어갔다. 민세는 비행기에서도 많이 잤지만 자다 깨다 했고 공항에서 보크로 오는 동안에도 잠깐씩 졸았으나 몸이 많이 지쳤다. 샤워를 하고 푹 자고 싶었다.

"잠두, 내가 먼저 씻을게."

민세가 말하면서 잠두-반달별을 봤다. 잠두-반달별, 아니 이젠 잠두로 돌아와 있다. 13개 마디를 가진 커다란 누에 모습. 뒤쪽 여덟 쌍의 다리로 벽을 짚고 위 몸통은 번쩍 들어 올리고 있다.

"깜짝이야! 이것 참, 적응이 잘 안 되네. 잠두, 말 좀 하고 변신하면 안 돼?"

"큭큭. 미안."

잠두가 머리를 주억거렸다.

민세는 목욕탕으로 들어가 씻고 나왔다. 쌓인 피로까지 씻긴 듯 몸이 한결 가볍다. 민세는 침대에 누워 폭신한 이불을 목까지 끌어 올렸다. 민세는 차르륵 윤기가 흐르는 잠두의 몸을 바라보았다. 잠두는 온 벽을 기어 다니는 중이다.

"잠두!"

"응?"

"이제 변신 좀 보여 줘. 궁금해 못 살겠다."

"그럴까?"

막 천장으로 올라가 붙었던 잠두가 탁자 위로 툭 떨어졌다.

"자, 잠두!"

"걱정 마. 나 여기 있어."

민세가 놀라 소리치자 탁자 위에 새로 생긴 하얀 고치가 대답한다. 잠두가 고치로 변신한 것이다. 하얀 고치가 탁자 위를 도르륵 도르륵 구르더니 잿빛 바탕의 노랑 나방이 훨훨 날았다. 나방은 민세 머리 위로 와서 너울너울 춤을 춘다.

"누에나방은 날지 못한다는데? 잠두 너는 날 줄 아네?"

민세가 아는 척을 하자 잠두-나방이 대답했다.

"나는 잠두니까."

"그렇군. 정답이네."

민세가 동의했다. 잠두는 번데기로도 변신했다. 그러다 다시 누에 애벌레 모양으로 돌아와서는 몸을 축축축 줄였다가 훅훅훅 늘리기도 했다. 민세는 누웠다가 일어나 앉았다.

"멋있다. 반달별이 정말 대단한 과학자라는 걸 알겠다. 잠두 널 만들었으니까."

"더 대단한 게 있지."

잠두가 좋아하는 애벌레 모양으로 돌아와서 말했다. 민세 눈이 반짝 빛났다.

"더 대단한 거? 그게 뭔데?"

"나를 만든 이유지."

"이유?"

"아까 울루가 말하던 거 기억나? 토르앤울 연구소를 만든 이유 말이야."

"기억나지."

"바로 그거야. 토르앤울에 울루가 있다면 여강상림에는 반달별이 있지. 울루가 세탁하지 않는 옷을 연구한다면, 반달별은 쓰레기를 활용한 재생섬유를 만들지. 결국 목표는 하나야. 지구 생명체들에게 희망을 주는 것."

"아……."

민세는 조금 알 것 같았다. 반달별이나 울루나 지금 눈앞에서 변신을 거듭하고 있는 잠두나 뭔가 거대한 일을 하고 있다는 것을. 그리고 자신도 그 속에서 뭔가 일을 해야 된다는 걸, 전혀 알 수 없었던 어떤 운명이 내 앞에 다가왔다는 것을. 그리고 그 운명 속으로 성큼 들어섰고 나는 그 운명을 받아들이려 한다는 것. 그런 것들을 민세는 온몸으로 느꼈다.

생각을 하는 동안 슬슬 잠이 밀려온다. 잠을 이길 장사가 있으랴. 민세는 졸린 눈으로 잠두를 보며 물었다.

"잠두는 어떡할 거야? 잠두는 안 자나?"

"나도 좀 자야겠다. 로봇도 가끔은 쉬어야 해."

잠두가 대답하고는 위 몸통에 달린 긴 팔을 머리 뒤로 돌리더니 어딘가를 눌렀다. "딱." 하고 작은 단추가 눌리는 소리가 났다. 그리고 잠두 눈에서 나오던 녹색빛이 꺼지고 몸이 딱 멈췄다.

"아."

민세는 벌떡 일어나 잠두에게 다가갔다. 묻어날 듯 부드러운 잠두의 몸은 그대로지만 모든 빛이 꺼진 몸은 왠지 싸늘한 느낌이다. 정적. 민세는 문득 외로움 같은 것이 몰려왔다. 잠두를 깨우고 싶었다. 잠두의 머리 뒤를 살펴봤지만 단추 같은 건 보이지 않는다. 잠두 몸을 이리저리 살피다가 민세는 물러나서 침대에 앉았다. 가만히 잠두를 바라보던 민세도 눈이 스르르 감긴다. 그대로 침대에 누워 민세는 깊은 잠에 빠졌다.

"민세, 그만 일어나지."

민세는 깨우는 소리에 눈을 떴다. 햇빛이 방 안 가득 들어찼다. 잠두-반달별이 민세를 내려다보고 있다.

"응? 잠두? 어떻게 된 거야? 스위치를 어떻게 켰어?"

정지한 로봇이 어떻게 스스로 깨웠을까 민세는 그게 궁금했다.

"시간을 맞춰 뒀지. 5시간으로. 시각이 되면 저절로 켜지게 되어 있지."

"아!"

민세가 약간 놀라는 눈치를 보이자 잠두-반달별이 빙긋 웃으며 말한다.

"이건 조금도 놀랄 일이 아니야. 누에 번데기를 봐. 12일이나 번데기로 있다가 시간이 다 되지? 그럼 알아서 나방이 되어 나온다고. 비바!"

"그렇지 참. 맞아."

민세는 새삼 세상이 신비롭다는 걸 깨닫고 고개를 끄덕인다. 민세는 벌떡 일어나 화장실 가서 볼일도 보고 세수도 했다.

숙소로 찾아온 울루는 여전히 수다스러웠다. 어제와 똑같은 옷을 입고 똑같이 환하게 웃는 얼굴로 떠들었다.

"자, 잘들 잤나요? 갑시다. 토르앤울을 구경하러 가야죠."

울루가 운전해 주는 차를 얻어 타고 토르앤울에 갔다. 드넓은 초원 야트막한 언덕을 배경으로 서 있는 연구소는 생각보다 작았다. 양털을 쌓아 둔 창고 하나와 양털을 가공하여 천으로 만드는 기계실 몇 개와 연구원들이 공부하는 방 몇 개가 전부였다.

연구원들이 반갑게 맞이해 줬다. 키가 크고 마른 한 연구원이 유난히 살가운 표정으로 손님을 맞이한다. 그 연구원은 울루처럼 양모 바지와 양모 셔츠를 입었는데 바지는 갈색이었다.

"오늘 안내를 맡아 줄 분입니다."

울루가 소개를 해 줬다. 연구원이 연구소 이곳저곳을 보여 주며 설명을 했는데 아주 친절했다. 친절함 속에서도 말과 행동에는 자랑스러움이 가득했다.

"지구 인구는 곧 100억 명을 돌파할 거예요. 인간이 소비하는 자원은 어마어마하지요. 소비하면서 자연환경을 계속 오염시킵니다. 앞으로 식량도 문제겠지만 물 부족도 심각한 상태에 이를 겁니다. 샤워, 청소보다도 세탁에 사용하는 물이 엄청납니다. 우리는 물 부족 사태에 대비하기 위해서라도 세탁을 거의 하지 않는 옷을 만들려는 겁니다."

"정말 귀한 일입니다."

잠두─반달별이 엄지를 쳐들었다. 연구원과 울루의 자부심 가득한 이야기를 들으면서 민세는 한 가지 의문이 계속 풀리지 않았다. 결국 입 밖으로 내서 묻고 말았다.

"땀 냄새가 안 나는 건 이해가 되었어요."

입은 옷에서 냄새가 나는 까닭은 몸에서 난 땀에 섞여 있는 여러 종류의 유기물과 무기물 때문인데, 이것들을 세균이 분해시키면서 냄새가 난다는 것이다. 그런데 옷감 소재인 울은 땀이 나자마자 흡수하여 증발시켜 버리기 때문에 세균들이 먹이활동을 할 시간이 없어져 버린다. 화학작용을 일으켜 냄새를 생산하는 원인을 제거하는 것이다. 아무런 가공 없이도 울이 갖고 있는 특징으로 일어나는 일이다. 연구원 설명이 그랬고 민세도 이해했다.

"그런데요, 몸에서 나는 땀 말고 밖에서 냄새나는 것이 묻을 수도 있잖아요. 또 먼지가 달라붙어 옷이 더러워지기도 하고요. 꼬질꼬질하게 때가 앉을 수도 있고요."

"좋은 질문입니다."

연구원이 민세에게 웃어 보이며 대답한다.

"그것도 역시 울이 갖고 있는 놀라운 특징이 해결해 줍니다. 울은 표면에 천연 왁스코팅이 되어 있어요. 반들반들한 코팅은 오염을 방지합니다. 먼지도 달라붙지 않고 미끄러진다고 나 할까요. 입은 뒤 한 번 툭툭 털어 주기만 해도 먼지며 오염된 것들이 말끔히 떨어져 나간답니다. 털어 줄 때 구겨졌던 부분도 펴지고요. 하루 종일 입어서 잔주름이 잔뜩 잡힌 바지도 옷걸이에 하룻밤만 걸어 두면 구김이 다 펴진답니다. 다림질을 하지 않아도 된다는 거죠."

"와우. 브라보!"

잠두-반달별이 탄성을 내뱉으며 연구원에게 화답한다. 민세가 느끼기엔 잠두-반달별의 반응이 좀 과하다 싶었는데, 아무래도 민세 들으라고 일부러 그러는 것 같다. 탄성을 지르고 나서 잠두-반달별이 말했다.

"연구원님, 울은 흡습성도 뛰어나죠? 흡습성은 어떤 역할을 하나요?"

"네. 울은 주변의 수분을 잘 빨아들입니다. 그런데 멋진 건 '흡습'을 잘하는데도 겉은 뽀송뽀송하다는 것이에요. 무려 자기 무게의 36% 정도 물을 빨아들이고도 질척거리지 않는 거죠. 그러니 습도가 아주 높은 비 오는 날에도 가볍고, 옷이 축축한 느낌이 안 나는 거죠."

"그거 이상하네요? 물이 묻어 있으면 무거워지는 게 정상 아닌가요?"

물어 놓고 잠두-반달별은 민세를 보며 씩 웃었다. 널 위해 질문했으니 잘 들어 보라는 듯. 연구원이 대답했다.

"흡착열이라는 것이 있습니다. 어떤 물질이 다른 물질에 흡착할 때 발생하는 열을 말하죠. 울은 또 이 흡착열이 아주 우수합니다. 수증기 상태로 돌아다니던 물이 울을 만나며 흡착되면서 액체로 변하는 거죠. 이것을 '기체가 액체로 상전이'한다고 하는데, 이때 남는 에너지는 열이 됩니다. 많은 수분을 흡수하지만 이 수분이 울에 흡착하면서 열을 발생시키기 때문에 울의 표면은 뽀송뽀송한 상태가 유지되는 겁니다."

"아! 그렇군요."

잠두-반달별이 고개를 끄덕이며 민세를 힐끔 보고는 말했다.

"변화라는 건 참 대단해요. 세상은 온통 변해 가는 중에 뭔가가 이루어지니까요. 비바!"

"…… 그렇죠."

연구원이 약간 뜨악한 얼굴로 잠두-반달별을 바라보았다. 갑자기 뭔 소리냐는 눈빛이다. 민세가 혀를 쩝쩝 차면서 고개를 흔들었다. 그런 민세를 보며 잠두-반달별이 씩 웃더니 연구원을 돌아보며 물었다.

"명주도 흡습성과 흡착열이 아주 뛰어나답니다. 아마 울 못지않을 거에요. 여기 토르앤울에서 연구한 성과를 명주에도 접목시켜 봤으면 합니다."

그러자 잠자코 있던 울루가 껴들었다.

"바로 그런 일을 하자고 이렇게 모신 거니까요. 앞으로 한국의 여강상림과 이곳 토르앤울은 아주 긴밀하게 협조를 해 나가야겠습니다."

"좋습니다. 오래 세탁하지 않아도 되는 옷을 명주로도 만들고 울과 명주 혼방으로도 만들고요. 나아가 다른 섬유들도 다 같이 장단점을 모아 모아 만들어야죠. 참 할 일이 많습니다."

"하하하. 저도 의욕이 불타오르는군요."

울루가 호쾌하게 웃었다.

연구실을 다 돌아보고 나서 목장으로 갔다. 드넓은 초원은 보는 것만으로도 가슴이 뻥 뚫리는 느낌이다. 민세는 두 팔을 쫙 펴고 가슴을 넓힐 대로 넓혀 심호흡을 했다. 때마침 산들바람도 불어와 온몸을 감싼다.

목장을 둘러보는 중에 민세는 한 곳의 양떼에게서 이상한 걸 발견했다. 그 양들은 하나같이 등에 둥근 통을 지고 있었다. 양들 옆에는 민세 나이 정도로 보이는 여자아이가 있었다.

여자아이는 양들이 등에 진 둥근 통을 살펴보고 있었다.

민세와 잠두-반달별이 다가가자 여자아이가 돌아본다. 여자아이는 양이 등에 진 통 입구에서 나온 줄을 양의 엉덩이에 붙이고 막 일어서는 중이다.

"어떻게 오셨죠?"

여자아이는 밝고 통통 튀는 목소리로 물었다.

"아, 네. 우리는……."

민세와 잠두-반달별이 우물우물 대답하려는 중에 호쾌한 울루의 목소리가 들렸다.

"산드라! 한국에서 온 손님들이야. 인사해."

울루가 어느새 옆에 다가와 말했다. 산드라는 울루의 딸이었다. 올해 열다섯 살이라고 하니 민세보다 한 살 위였다. 서로 인사를 하고 나서 울루가 양들이 짊어진 통을 가리키며 말했다.

"우리 산드라가 이 아이디어를 냈어요. 메탄을 모으는 거예요."

얼른 민세가 아는 척을 했다.

"메탄이라면? 소가 뀌는 방귀에서 나온다고 들었는데 양에게서도 나오는군요?"

산드라가 대답했다.

"그렇죠. 소가 가장 많이 내뿜지만 염소와 양도 만만치 않아요. 우리가 양모를 얻기 위해 양을 기르지만 온실가스에 대한 대비도 해야 하니까요. 통에 모은 메탄은 응축해서 바이오 에너지로 변환시킬 수 있어요. 저 양 떼를 기르는 데 필요한 전원으로 쓰기에 충분하지요. 한마디로 착한 순환이라고 할 수 있죠."

"아…… 네."

민세는 놀랐다. 토르앤울은 정말 중요한 일을 하고 있었다. 민세는 가슴이 벅차올랐다. 다람쥐 쳇바퀴 돌듯 하는 학교생활은 지루했었는데, 토르앤울이나 여강상림은 그렇지 않다. 뭔가 하고 싶은 열정이 마구 솟아나게 한다.

'나도 이 사람들과 함께하고 싶다.'

민세는 속으로 그렇게 생각했다.

민세는 토르앤울에서 지내며 연구원들에게 배우기도 하고 양 떼를 돌보기도 했다. 산드라에게선 지구가 안고 있는 문제에 대한 이야기를 많이 들었다. 자주 만나다 보니 친해져서 산드라와 여행도 같이 다녔다. 블루마운틴 국립공원도 가 보고 태즈매이니아섬에 가서 바닷새들과 물개하고도 놀았다. 아주 알찬 하루하루를 보낸 뒤 시드니 공항에서 비행기를 타고 민세와 잠두–반달별은 귀국했다.

 인천공항에 내려 가방을 찾아 끌고 나오던 민세는 눈이 휘둥그레졌다. 뜻밖에도 포리가 눈앞에 떡 나타났기 때문이다. 포리는 검은 바지에 하얀 셔츠를 입고 있다. 셔츠는 엉덩이까지 다 덮일 정도로 길었다. 민세가 입은 옷차림과 똑같았다. 민세는 토르앤울에서 방문 기념으로 만들어 준 옷을 입었던 것이다.

 "포리 누나."

 민세는 몹시 반가웠지만 다른 말은 나오지 않았다. 포리가 살짝 웃었다. 역시 보조개가 따라 웃는다.

 "UN에 가는 중이야. 회의가 있어서. 비행기 시간이 좀 남아서 널 보려고 왔지."

 둘이 얘기하는 걸 보고 오 선생과 김 박사가 다가왔다. 열흘 만에 집에 오는 아들이 자기와 똑같은 옷차림을 한 여자와 이야기하고 있는 걸 보고, 두 사람은 몹시 궁금한 얼굴이다.

 "혹시, 민세 너."

 김 박사가 민세의 다정한 눈동자를 읽었나 보다. 김 박사가 수상하다는 눈빛으로, 마치 커플룩을 입은 듯한 민세와 포리를 번갈아 보면서 물었다.

"호주 가서 여자 친구 만났니?"

금발에 파란 눈을 지닌 포리. 하얀 치아를 드러내며 말갛게 웃는 포리를 보며 김 박사는 충분히 그렇게 생각할 만했다.

"아니, 엄마는 또 무슨 상상을. 참 나."

민세가 헛웃음을 날리는데 포리가 싹싹하게 인사를 한다.

"안녕하세요. 민세의 누나 포리라고 합니다."

"누나?"

오 선생과 김 박사는 멍한 표정을 짓는다. 난데없이 외국인이 누나라니. 그리고 한국말은 또 왜 저렇게 잘하지? 이런 생각들이 뇌리를 훑고 지나가는 중이다. 민세가 얼른 나서서 정리를 한다.

"포리 누나, 어서 가. 나중에 봐."

"그래. 안녕."

포리는 손을 흔들고 돌아서서 걸어갔다.

오 선생이 운전하는 차에 잠두—반달별도 같이 탔다. 철없는 애를 열흘이나 맡겨서 미안하다고, 애가 말썽이나 피우지 않았느냐고, 이 은혜를 무엇으로 갚을지 모르겠다며 오 선생과 김 박사가 돌아가면서 잠두-반달별에게 감사의 말을 늘어놓았다. 가만히 듣고 있다가 두 사람 말이 끝났을 때 잠두-반달별이 짧게 대답했다.

"오히려 제가 고마웠답니다."

"네? 그게 무슨?"

오 선생과 김 박사가 한목소리로 물었다.

"민세는 당당하고 똑똑한 아이랍니다. 무엇보다 변화가 무엇인지 아는 애예요. 변화가 가져오는 엄청난 힘에 대해 잘 아는 거죠. 아주 훌륭한 아드님을 두셨습니다."

민세가 생각하기엔 '뚱딴지같은 소리'를 한 뒤, 잠두-반달별은 옆에 앉은 민세 어깨를 툭 쳤다. 그리고 씩 웃는다. 민세도 픽 웃었다.

"변화요?"

이번엔 오 선생 혼자 물었다. 목소리에 호기심과 기대감 같은 것이 잔뜩 묻어 있다.

"그렇죠, 변화. 그게 여행의 참 맛이죠. 민세가 그걸 해냈어요."

민세는 잠두-반달별이 무슨 말을 하는지 모르겠다. 눈알만 뒤룩뒤룩 굴리고 있는데, 오 선생이 소리를 지른다. 뭐가 그리

좋은지.

"아이고, 정말 고맙습니다. 언제 한턱 단단히 쏘겠습니다."

김 박사는 말이 없다. 분명 오 선생과는 다른 생각을 하고 있을 거라고 민세는 예측했다. 아니나 다를까. 김 박사가 입을 열었다.

"뭐, 변화도 나쁘진 않지요. 다만 어떤 방향이냐가 문제라고 봐요. 한창 공부해야 할 시기에 여자 친구나 만나고 다닌다거나, 여행이나 다닌다거나 그건 분명 문제가 있는 거죠."

세 사람이 침묵했다. 김 박사가 잠깐 뜸을 들였다가 덧붙였다.

"다 때가 있으니까요. 때를 놓치고 후회할 땐 늦어요."

역시 침묵. 그러자 김 박사가 물었다.

"오민세! 알겠어?"

"응."

민세는 재빨리 대답했다. 이런 상황에서는 반대 논리를 편다거나 상대방 논리의 허점을 지적한다거나 할 일이 아니다. 전 같았으면 '엄마랑 말이 안 통해!' 하고 내지를 만한 상황이었지만 이상하게 민세는 그냥 받아들이고 싶었다. 엄마가 충분히 그럴 만하다고 생각되었다. '이게 뭐지?' 하며 민세는 자기 마음을 살펴보면서도 뭔가 기분 좋은 느낌이 들었다.

　민세의 부드러운 응답이 있자, 김 박사도 더는 말을 하지 않았다. 옆에서 잠두-반달별이 민세 옆구리를 건드렸다. 민세가 돌아보니 잠두-반달별이 엄지를 쳐들고 있다. 후훗! 민세의 입꼬리가 둥근 선을 그리며 올라간다. 민세 마음에 가득한 충족감이 생겨난다.

04
루치아와 함께

포리가 UN에서 한 연설은 온 세계를 뒤흔들었다. 포리의 연설 주제는 '지구는 언제까지 인간을 품어 줄 것인가'였고 핵심 내용은 '기후 변화가 모든 생태계를 망가뜨리고 있으며 대부분 원인은 인간에게 있다'이고 결론은 '현재 권력을 잡고 있는 각 나라의 정치 지도자는 지구 운명을 맡을 자격이 없는 것 같다', 그러므로 '미래 세대인 우리가 나서겠고, 기성세대는 전폭적으로 수용하고 따르길 바란다'였다.

연설을 한 뒤 포리는 미국, 영국, 인도, 독일, 중국, 러시아, 한국, 일본 등 지구 운명에 영향을 크게 미치고 있는 나라들의 대통령이나 수상을 줄줄이 만났다. 세계 언론들은 포리의 움직임에 따라 우르르 몰려다녔고 연일 수많은 기사를 쏟아 냈다. 졸지에 포리는 지구상에서 가장 유명한 젊은 여성이 되었다.

그 덕분에 트래시아일스 국가도 덩달아 유명해졌다. 국명, 국기, 화폐가 많이 알려지고 경도와 위도에 따른 트래시아일스 국경선도 여러 언론에 나왔다. 트래시아일스의 초대 UN 대사로서 포리가 한 연설 중 가장 논란이 많이 된 부분을 옮기면 아래와 같다.

〈트래시아일스 영토를 침범하는 모든 쓰레기에는 높은 관세를 물리겠다. 쓰레기에 표기된 생산지에 따라 세금을 부과한다.〉

나라마다 난리가 났다. 특히 중국이 크게 반발했다. 중국 UN 대사가 목소리를 높여 주장했다.

"요즘 전 세계 물건 중에 '메이드 인 차이나'가 붙은 물건이 많습니다. 그런데 여보세요. 단순히 중국에 소재한 공장에서 생산했을 뿐이지, 실제 공장을 소유한 나라는 중국이 아니에요. 다국적기업이에요. 이게 말이 됩니까? 똥은 누가 쌌는데 누구보고 치우라는 겁니까."

포리는 중국 대사보다 더 크게 목소리를 높였다.

"우리 트래시아일스 국가의 방침입니다. 따르시길 바라고요. 굳이 방법을 알려드리자면, 똥 싼 기업에게 똥세를 물리시면 됩니다. 자국 내에 들어와 있는 타 국적 기업에게 그 정도 명령 권한은 있는 줄 압니다. 이건 중국뿐 아니라 모든 나라에 해당하는 겁니다."

중국 대사가 기가 막힌 듯 허탈하게 웃었다. 이 문답 이후 전 세계 언론은 '트래시아일스국의 똥세 부과'라는 우스운 제목의 기사를 타전했다.

포리는 따라붙는 수많은 기자를 간신히 따돌리고 여강상림으로 돌아왔다. 원탑 음악실에 느긋하게 누워 '모차르트 피아노 협주곡 21번' LP를 전축에 걸어 놓고 듣는 중이었다. 포리가 편안하게 쉬고 싶을 때 주로 듣는 음악이다.

밖에서 민세가 부르는 소리가 들렸다. 옆에 엎드려 같이 음악을 듣던 두강이가 잽싸게 3층으로 달려가 노란 단추를 눌렀다. 민세가 뚜벅뚜벅 계단을 걸어 포리에게 다가왔다. 포리가 몸을 반쯤 일으키며 말했다.

"음악 듣는 중이야. 잠깐 같이 듣자. 얘기할 거 있으면 좀 있다 하고."

포리는 누워서 눈을 감는다. 민세도 두강이와 하이파이브를 한 번 하고 나서 의자에 앉았다. 두강이는 앞발을 나란히 펴고 그 사이에 얼굴을 묻는다. 가만히 앉았던 민세도 슬슬 의자 등받이를 눕히고 누워 눈을 감았다. 포리 허락을 받고 민세는 2층과 3층에 자기가 앉고 누울 의자를 가져다 뒀었다.

연주가 끝나 갈 무렵 포리가 몸을 일으키고 민세를 본다. 민세는 눈을 감고 누운 채 입가에 흐뭇한 미소를 짓고 있다.

"오, 민세도 이 음악 좋아하나 봐?"

민세가 눈을 떴다.

"그러게. 이러고 누워 있으니 맘이 참 편하네."

"좋지. 자주 음악 같이 듣자. 나 없을 때도 오고 싶으면 와도 되고. 두강이가 나 없어도 문 열어 줄걸. 그렇지, 두강아?"

포리가 두강이를 돌아보며 묻자 두강이가 고개를 끄덕인다.

"둘 다 고마워."

민세가 치사를 하고 나서 포리에게 말했다.

"곧 트래시아일스에 간다며? 여기 오기 전 반달별에게 들었지."

"응."

"나도 트래시아일스에 가 보고 싶은데. 같이 가도 돼?"

"흠."

포리가 한 박자 생각하는 듯하더니 흔쾌히 좋다고 했다. 민세가 '우후!' 하고 오른팔을 쭉 뻗으며 환호했다. 포리가 웃으며 말했다.

"이번에 갈 땐 루치아도 같이 갈 거야."

"그럼 더 좋지."

민세는 마냥 신이 나서 목소리에 흥이 막 묻어난다. 사흘 뒤면 여름 방학이다. 뭐, 방학이 아니라도 못 갈 건 없지만 김 박사의 잔소리를 덜 들을 수 있으니 더 좋다.

"근데, 누나."

"응?"

"좀 전에 반달별이 한 말이 이해가 안 돼."

"뭐랬는데?"

민세가 상림에 들어왔을 때 역시 반달별은 누비 아래에 앉아 있었다. 민세는 반달별이 주는 상백차를 마시다가 또다시 누비 가지에 앉은 고치를 닮은 하얀 원통 집을 봤다. 아주 완전한 모양이었다. 유리창 안으로 칸이 나뉘진 방과 부엌도 보였다. 그래서 반달별에게 보라고 했는데 반달별이 누비를 가만히 살펴보고 나더니 '난 아무것도 안 보이는데? 누비 가지와 잎사귀 말고는?' 했다. 몇 번을 다시 보라고 해도 마찬가지였다. 민세는 답답했지만 어쩔 수 없었다. 그리고 반달별에게 슬쩍 부탁했다. 나도 이곳 상림에서 살면 안 되겠냐고. 포리가 사는 원탑 정도가 아니라도 된다. 반달별의 연구실 옆에 조그마한 방이라도 된다. 아니면 잠두가 사는 상림관도 좋다. 나는 상림에만 오면 마음이 너무 편하고 존중받는 느낌도 들고 뭐라도 다 해낼 수 있을 것 같은 기운이 솟는다고 했다. 그러자 반달별이 빙긋 웃으며 이렇게 말했다.

"너는 언제든 이곳에 살 수 있어. 다만 나그네가 아닌 주인이어야겠지. 주인이란 책임이 따르는 거고, 주인으로서 견뎌내야 하는 힘도 있어야 된단다."

그리고 반달별은 누비를 올려다보았다. 민세도 누비를 보았다. 누비는 잔가지와 잎을 가볍게 흔들고 있을 뿐이다.

조금 전 반달별과 나눈 이야기와 상황은 그랬다.

"누나, 반달별이 나보고 상림의 주인이 되면 여기서 살 수 있대. 누난 여기 주인이잖아. 주인이 견뎌야 하는 힘은 뭐고 책임은 뭐야?"

"책임이라……. 내가 처음 여기 왔을 때 반달별이 한 말이 생각나네. 폴리관을 책임질 사람이 와서 너무 행복하다고. 그래서 내가 물었지. 나는 섬유에 대해서 아는 게 없는데 어떻게 책임자가 되겠느냐고."

"그랬더니?"

"섬유야 공부하면 되는 거고. 내 태도가 이미 책임자의 힘을 갖췄대. 그건 아마도 내가 트래시아일스 일을 하는 걸 보고 그런 것 같아. 내가 갖고 있는 태도와 열정이면 폴리관 책임자로 충분하다는 거지."

"아……."

"다 뜻이 있겠지. 반달별이 괜한 말을 하는 걸 난 본 적이 없어. 반달별이 민세 너에게서 어떤 태도와 열정을 본 걸 거야. 잘 생각해 봐."

"태도와 열정……."

민세는 뭔가를 곰곰이 생각하는 눈이 되었다.

둘이 이야기를 나누는 동안 음악이 끝났다. 포리가 다른 LP판을 걸었다. 고즈넉한 음악이 흘러나온다. 포리도 민세도 다시 등을 대고 누웠다. 민세가 휴대폰을 꺼내고 뭔가를 찾더니 포리에게 말했다.

"누나 이거 들어 볼래?"

"뭔데?"

민세가 에어팟 한 개를 포리 귀에 끼워 준다. 포리 눈이 동그 랗게 커진다. 포리가 일어나 전축의 턴테이블 바늘을 판에서 들어냈다. 에어팟에서 들리는 소리에 집중하려는 거다.

"이거 누구 노래야? 목소리가 매력 있다."

"새소년. 난 이 밴드 노래가 참 좋아. 뭔가 말로 하기 어려운 느낌이 있어. 지금 듣는 건 난춘이란 노래야."

"으응. 괜찮네."

포리가 고개를 끄덕거리면서 빙긋 웃는다. 민세는 괜히 가 슴이 뛴다. 에어팟을 나눠 귀에 꽂고 포리와 같은 음악을 들을 줄이야. 민세가 생각도 못 했던 일이다. 둘은 새소년 노래 두 곡을 더 들었다.

여전히 김 박사는 만만치 않았다.

"아주 나가 살겠단 거야? 이래서 한 번 물꼬를 터 주면 안 되 는 건데. 처음부터 막았어야 했어."

"길지도 않아. 딱 5일이야."

민세가 날짜로 설득을 시도한다. 오스트레일리아 열흘도 허 락한 사람이 겨우 5일 가지고 그러냐는 뜻도 담겼다. 김 박사가 쯧쯧 혀를 찼다.

"바늘 도둑이 소도둑 되는 거야. 손을 물에 넣었다가 온몸을 적시게 된다고."

"웬 도둑?"

"말꼬리 잡지 마. 지금 그 얘기가 아니잖아. 원래 악마의 유혹은 달콤한 법이거든. 뭔가를 이루려면 험난한 가시밭길을 헤쳐 나가야 해. 한번 놀기 시작하면 되돌리기 어렵다는 뜻이야. 네가 그렇게 놀러 다니는 동안 다른 애들은 이미 한 고개 두 고개를 넘어가 있단 말이지."

"엄마, 길이 학교만은 아니잖아. 길은 많아. 오히려 한 길로만 가면 정체가 일어나고 서로 경쟁만 심해질 거 아냐. 사람마다 자기에게 맞는 길을 찾는다면 그 뭐야, 서로 좋은 거잖아."

민세는 목소리를 높이지 않았다. 한쪽이 목소리를 계속 높이지 않으면 다른 쪽 목소리도 점점 낮아진다. 두 사람이 언쟁을 할 때 보통 목소리 높이로도 기선을 제압하려는 심리가 은근히 있다는 걸 민세는 알았다. 특히 김 박사는 민세가 목소리를 높일수록 한없이 높아져 갔다. 쇳소리가 나면서.

"어휴, 민세야, 제발. 그렇게 엄마 말을 이해 못 하면 어쩌니. 기본이라는 게 있어. 학교가 그런 거고. 누누이 얘기했잖아.

기본이 갖춰진 뒤에 자기 길을 찾으라고. 그래야 제대로 된 길을 갈 수가 있지. 어디가 어딘지도 모르면서 가기만 하면 평생 방황만 하다 끝날 수도 있어."

"그 기본이 뭔데?"

"지금 너한테는 고등학교지. 고등학교는 네가 앞으로 어떤 길을 갈 건가를 결정하는 중요한 기본이야. 고등학교를 잘 가기 위해 넌 지금 그럴 시간이 없어."

민세는 안다. 김 박사가 가장 원하는 고등학교는 중학교 전국성적 상위 1%도 가기 어렵다는 어떤 특목고임을. 조금 낮추더라도 외국어고등학교 정도는 가 줘야 김 박사 마음에 들 것이다. 그런데 민세는 그럴 생각이 조금도 없다. 그 길도 충분히 사람들이 원할 만한 길이긴 하겠지만 민세 생각에는 수많은 다른 길이 있다.

"길은 많다고 생각해. 엄마 생각해 봐. 꽃길도 있고, 시멘트길도 있고, 아스팔트길도 있고, 산길 들길도 있잖아. 아, 기찻길도 있네."

"너, 지금 말장난해?"

김 박사 목소리가 날카로워졌다.

"아냐, 엄마. 길은 다 자기에게 맞는 빛깔을 가졌다는 얘기를 하려는 거야. 어떤 길만이 가장 좋다고 할 수 없다는 거."

민세는 부드럽고 진지하게 얘기했다. 김 박사는 역시 혼자서는 목소리를 높이지 않았다. 민세의 신중한 표정과 말투에 김 박사도 잠깐 호흡을 가다듬는다. 그러다 김 박사는 민세 손등에 생긴 반달무늬를 발견했다.

"응? 손등에 그건 뭐야. 너, 문신했니?"

"아닌데?"

민세도 자기 왼쪽 손등에 생긴 반달무늬를 처음 본다. 가운뎃손가락 굵은 힘줄 위에 반달이 떴다. 주먹을 쥐면 반달이 완연한 모양으로 펴지고 손을 펴면 힘줄들에 따라 주름이 진다. 노란 반달이다.

"아니, 이게 언제."

김 박사가 다가와서 찬찬히 들여다보더니 문질러 본다.

"색소 침착인가?"

완전 노란색이 아니라 약간 붉은색도 섞인 달은 은은하게 빛이 나는 것 같다. 민세가 주먹을 쥐었다 폈다. 반달도 따라서 펴졌다 주름이 졌다 한다.

"어? 없어지네."

"뭐? 뭐야."

둘 다 놀랐다. 노란 반달무늬가 스르르 사라졌기 때문이다. 민세와 김 박사는 입을 벌리고 서로 얼굴을 마주 보았다.

"아프진 않아?"

김 박사가 민세 손등을 문지르며 말했다.

"아무렇지도 않아."

"그것참, 이상하네. 또 생기면 병원 가 보자."

반달무늬 덕분에 모자의 언쟁도 막을 내렸다.

그 뒤로도 몇 번 길과 미래에 대하여 논쟁이 있었다. 논쟁 중에 간간이 참여한 아빠 오 선생은 전폭적으로 민세를 지원했다. 김 박사는 끝까지 반대했다. 하지만 민세는 '내 길을 가 보겠다'고 주장하며 포리, 루치아와 여행을 결행했다.

부산항에서 민세와 포리, 루치아는 작은 통통배를 탔다. 통통배로 물마루를 넘어 공해상으로 나갔다. 망망대해 수평선 너머에서 트래시아일스 국기를 달고 있는 큰 배에 옮겨 탔다. 푸른 바다와 하얀 하늘을 배경으로 플라스틱 병이 바다에 비스듬히 빠지고 있는 그림이 그려진 깃발. 트래시아일스 국기는 높이 매달려 바람에 나부끼고 있었다.

"번거롭게 왜 이래? 항구로 들어오면 되잖아."

민세가 통통배에서 큰 배로 옮겨 타며 물었다.

"한국은 아직 트래시아일스랑 정식으로 국교를 맺지 않았어. 입항 허가가 안 나."

"말도 안 돼. 트래시아일스 UN 대사가 살고 있는 나라가 뭐 그래. 이거 실망인걸."

"푸핫."

포리가 엄청 크게 웃고 나서 말했다.

"그 정도로 실망하다니. 플라스틱 쓰레기 생산 '톱 텐'에 드는 나라가 다 정식 국교를 외면하고 있어."

"왜 그래?"

"책임을 져야 하니깐. 트래시아일스의 국가 방침을 인정하고 쓰레기 세금도 물어야 하니까. 망설이고들 있는 거지. 참 할 일이 많다."

포리가 고개를 절레절레 흔들었다. 민세도 할 말을 잃었다.

큰 배에서는 포리 일행을 성대하게 맞이했다. 큰 배는 트래시아일스 국민들이 낸 세금으로 장만한, 대양 운항이 가능한 유일한 선박이었다. 2만 톤급 정기 여객선이자 탐사선인 트래시함이었다. 지구 전체에서 트래시아일스 국민은 30만 명 정도 된다고 포리가 알려 줬다. 그중에 큰 부자 몇 사람이 기부를 많이 했고, 국민들 세금을 합쳐서 이런 대형 선박을 마련할 수 있었단다.

배는 태평양을 향해 나아갔다. 포리와 루치아와 민세는 갑판에 나가 시원한 바람을 맞았다. 갈매기들이 끼룩거리며 따라온다.

술 마레 루치카

라스트로 다르젠토

플라치다 에 론다

프로스페로 엘 벤토

갑자기 루치아가 노래를 부르기 시작했다. 두 손을 가슴에 모으고 한껏 감정을 잡고 부른다. 민세는 놀라웠다. 로봇도 감정을 갖고 있구나, 문득 그런 생각이 스쳐 갔다. 포리가 빙긋 웃더니 노래를 같이 부른다.

베니데 알라지엘

바르케타 미아

산타 루치아

산타 루치아

"응? 산타 루치아?"

민세 귀가 번쩍 뜨였다. 처음 루치아가 노래를 부를 때에도 어디선가 들어 본 듯한 노래라고 생각했는데 이제 정확하게 알게 되었다. 민세는 '내 배는 살같이 바다를 지난다.'라고 한국어로 번역된 가사를 떠올리며 지금 상황에 딱 맞는 노래라고 생각했다. 민세도 후렴구인 산타 루치아를 흥얼거렸다. 노래가 끝나고 민세가 손뼉을 치면서 말했다.

"루치아, 노래 잘하네!"

"고마워. 난 이 노래가 좋아. 내 이름이 들어 있잖아."

루치아가 대답하자 포리가 "그럼, 그럼." 하고는 루치아 이름을 자기가 지었다고 민세에게 알려 줬다. 그리고 이렇게 덧붙였다.

"산타 루치아는 나폴리의 수호성인이야. 성녀 루치아는 사람들 시력을 보호하고 사람들에게 선물을 주는 성인이야. 우리 루치아도 귀한 선물을 주는 로봇 성인이지."

포리가 루치아 어깨를 톡톡 쳤다.

"물론이지."

루치아는 양쪽 팔에 차고 있는 넓은 팔찌끼리 엇갈려 엑스 자를 만들며 대답했다. 지금 루치아는 게임 오브워치의 수호 천사인 메르시 옷차림을 하고 있다.

"루치아의 선물이 뭔데?"

민세가 물었다.

"뭐겠어? 플라스틱 쓰레기로부터 지구를 구하는 일이지. 사람들에게 지구보다 더 좋은 선물이 있겠어?"

포리의 대답은 완벽했다. 흠잡을 곳이 없었다. 그러고 보면 루치아의 이름도 완벽한 것이다. 이름이 삶을 규정짓는 일이 얼마나 많은가. 민세는 어렴풋이 그렇게 느끼고 있는 중이다. 엄마, 아빠, 아들. 가족이라는 규정. 규정된 것을 넘어서려면 힘이 든다. 그러나 규정된 것은 또 그만큼 큰 힘을 발휘하기도 한다. 규정의 힘이 사람을 편안하게도 하지만 불편하게도 한다. 불편한 규정은 어떻게든 넘어서야 하지 않을까, 그게 민세가 하는 생각이기도 했다.

나폴리라는 말을 듣는 순간, 민세 머리에 번쩍 떠오른 것은 포리의 엄마였다. 지난번 원탑에서 음악을 들을 때 포리가 얘기했었다. 자기는 나폴리에서 엄마랑 13살 까지 살았다고. 나폴리 해변은 정말 아름답다고. 그러면서 이렇게 얘기했다.

"어쩌면 운명인지도 모르겠네. 이탈리아는 가장 많이 가장 오랫동안 실크를 생산한 나라야. 이탈리아 중에서도 나폴리는 최고 생산지였지. 내가 그곳에서 태어난 건 우연이지만 필연이기도 한 것 같아. 봐 봐. 난 지금 섬유와 관련한 일을 하고 있잖아."

누나가 하는 여러 일에서 섬유 관련 일은 일부일 뿐이지, 하는 얘기를 하려다가 민세는 그만두었다. 굳이 그런 이야기는 안 해도 되니까.

민세는 먼바다를 바라보고 있는 포리에게 다가가 어깨를 감싸 안았다. 포리는 민세 손이 어깨에 얹어졌지만 가만히 있다.

"누나, 나폴리 생각나서 그래?"

"아니, 바다 참 예쁘다, 그러고 있는데?"

포리가 민세를 바라보며 방긋 웃었다. 볼우물이 깊게 들어갔다. 민세는 눈이 부셔서 잠깐 눈을 감았다가 떴다.

북서태평양 트래시아일스 영토가 눈에 들어온다. 짙은 회색의 섬. 군데군데 분화구처럼 푸른색, 검은색, 붉은색의 무더기가 보인다. 갑판에 서서 바라보던 포리가 말했다.

"영토가 점점 넓어지네. 아무것도 안 하는데도 말이지. 예전

엔 자기 나라 영토를 조금이라도 넓히려면 전쟁을 하고 백성들이 수없이 죽고 했는데. 이렇게 쉽게 영토가 늘어나도 되는 거야, 민세야?"

민세는 기가 질려 멍한 표정으로 트래시아일스 영토를 보고 있는 중이라 대답을 못 했다. 말로만 들은 쓰레기 더미. 눈으로 보고도 믿을 수가 없다.

"정신 차려, 민세."

포리가 민세 옆구리를 툭툭 쳤다.

"으응."

민세가 포리를 돌아보았다. 민세는 말을 더듬기까지 하며 물었다.

"도, 도대체 저, 저게 얼마나 되는 거야?"

"흐음, 대한민국 땅 열여섯 배쯤. 해마다 엄청난 크기로 늘어나고 있고. 아마 곧 세계에서 가장 땅이 넓은 나라가 될 거다."

"세상에! 저게 다 뭐야?"

"플라스틱 종류가 대부분이지. 고기 잡는 어망이 절반 가까이 되고, 플라스틱 병이나 플라스틱으로 만든 제품들이 쌓여 있어. 이따가 보트 타고 갈 거니까 잘 봐."

"왜 저기에 모여 있는 거야?"

"이곳은 해류가 빙빙 돌아. 그러니까 온 나라들 강에서 바다로 들어온 쓰레기들이 여기로 흘러와서는 그대로 차곡차곡 쌓이는 거지."

그때다. 루치아가 하늘을 바라보며 소리를 질렀다.

"저! 바다 갈매기 좀 봐."

포리와 민세가 한꺼번에 고개를 들고 하늘을 올려다봤다. 바다 갈매기 한 마리가 이상하게 날고 있다. 왼쪽 날개는 제대로 폈는데 오른쪽 날개는 반만 편 채 퍼덕이고 있다. 갈매기 목에 녹색의 굴레가 씌워졌고 찢어진 한쪽 굴레가 오른쪽 날개에 걸렸다. 찢어진 굴레는 날개에 박힌 듯했다.

"꾸륵. 꾸륵."

애처롭게 울어 대던 갈매기는 결국 아래로 떨어져 내렸다. 트래시아일스 영토 안 검은색 분화구에 떨어진 갈매기는 다시 날아오르지 못했다.

포리, 민세, 루치아는 아무도 말을 하지 않았다.

트래시함은 자국 영토를 한 바퀴 빙 돌았다. 갑판에 나와 섬을 바라보고 있는 사람들은 침묵했다. 무거운 공기가 배를 감쌌다. 누군가 침을 꿀꺽 삼키는 소리가 들린다. 사람들 표정에 뭔가 다짐하는 듯한 기운이 주름처럼 서려 있다.

　트래시함이 멈췄다. 그리고 배에 실려 있던 보트가 내려졌다. 모두 30척이다. 민세는 포리, 루치아와 함께 보트를 탔다. 대부분 배들은 섬 외곽으로 흩어졌다.

　"국경을 침범한 쓰레기를 파악해서 기록하려는 거지. 생산국들에게 연대 책임을 물을 거고. 수거를 해가든지 세금을 내든지 선택하라고 통보해야지."

　떠나는 작은 배들을 바라보며 포리가 말했다.

　"순순히 따르겠어?"

　민세가 안타까운 마음으로 물었다.

　"당연히 아니겠지. 온갖 논리로 책임을 외면하려 들 거야. 우리가 버렸다는 증거를 대라, 각 나라별 쓰레기양의 정확한 수치를 내놔라, 국경선을 침범한 면적을 측량한 자료를 제시하라, 등등. 입증하기 어려운 요구를 하겠지. 그래도 해내야 돼. 요구를 들어 주고, 설득하고, 함께 하자고 호소해야지. 가만히 있으면 문제는 해결되지 않으니까."

　"참 답답한 일이네. 하지만 꼭 해야 되는 일이고. 포리 누나, 파이팅!"

민세가 주먹을 꽉 쥔 손을 쳐들며 외쳤다. 포리가 피식 웃으며 대답했다.

"왜 나만 파이팅이야. 너도 같이 파이팅이지."

"오케이, 나도 같이 파이팅."

키를 잡은 루치아는 배를 섬 가운데로 몰고 들어갔다. 둥둥 떠다니는 쓰레기들이 뱃머리에서 양쪽으로 갈라졌다. 그물은 뱃전에 걸려 줄줄 따라오다가 떨어지기도 했다. 그물과 페트병과 큰 물통이 뒤엉킨 쓰레기 더미는 밀려나가지 않아서 배가 돌아가야 했다.

얼마쯤 갔을까. 루치아가 배를 멈추더니 하얀 페트병을 하나 건져 냈다.

"그건 쓸 만해?"

포리가 물었다.

"응. 실험해 보려고."

루치아가 대답을 하고는 두 손으로 페트병을 눌러 납작하게 만들었다. 납작해진 병을 양손으로 잡아당겨 둘로 나누었다. 마치 칼로 벤 듯 병은 나뉘었다. 루치아의 무시무시한 힘에 민세는 눈을 동그랗게 떴다. 하지만 그건 놀랄 일도 아니었다. 루치아는 손가락으로 팔찌를 톡톡 쳤다. 그러자 팔찌가 스륵 열리면서 구멍이 생겼다. 그 속으로 루치아는 나눈 페트병 조각을 집어넣었다. 그러곤 팔찌를 달았다. 민세는 눈도 깜짝이지 않고 루치아의 행동을 지켜본다. 그런 민세에게 루치아가 눈을 찡긋해 보이더니 오른손으로 자기 턱을 톡톡 건드렸다. 루치아 입이 살짝 열리고 가느다란 실이 뿜어져 나온다.

"아! 저!"

민세가 비명 같은 소리를 내지르자 포리가 말했다.

"루치아는 재생섬유를 몸에서 만드는 능력이 있어. 기술이 집약되어 있는 거지. 깨끗한 플라스틱을 먹고, 소화시켜서, 액체로 만든 다음 실을 토해 내는 거지."

"와우."

루치아가 토해 낸 플라스틱 실을 둥글게 말아서 포리에게 건넨다. 포리가 받아서 살펴보더니 말했다.

"좀 약하네."

"응. 버려진 지 오래되어서 그래. 약하긴 해도 쓸 만은 하겠어."

루치아가 대답했다. 지금 포리와 루치아는 쓰레기 섬 가운데에서 어느 정도 쓸 만한 플라스틱이 있는지를 조사하려는 것이었다. 외곽에 쌓이는 쓰레기들은 최근 것이고 가운데엔 오래

된 것들이기 때문이다. 어떻게든 재생시킬 수 있는 건 수거해서 재생섬유를 만들려는 것이다. 플라스틱 재생섬유로 옷이나 가방, 운동화를 만들 수 있다.

"우리나라는 영토를 줄이는 일이 최고 목표야. 인류는 자기 영토를 확장하고 백성을 늘리고 재산을 늘리는 일을 목표로 살아왔어. 근데 우리 트래시아일스 국가는 그 반대야. 영토가 줄어들고 줄어들어 나라가 사라지면 최고지. 어때? 참 기가 막히지 않니?"

포리가 민세를 바라보며 씁쓸한 표정을 지었다. 민세는 할 말이 없었다. 묵묵히 쓰레기 더미를 바라보는 민세의 눈에 여느 쓰레기와 좀 다른 것이 보였다. 눈을 크게 뜨고 자세히 보니 그건 동물의 사체였다. 거의 뼈다귀만 남고 질긴 힘줄이 더러 걸려서 물결 따라 일렁이고 있다. 루치아가 동물 사체 쪽으로 배를 움직였다. 골격으로 봐서 큰 동물이다. 포리가 이리저리 살펴보더니 말했다.

"바다사자인 것 같다."

"왜 죽었지?"

민세가 눈살을 찌푸리며 물었다. 동물의 사체는 언제 봐도 꺼림직한 느낌이 든다. 식물은 그렇지 않은데 동물은 왜 그런지 모르겠다. 식물은 사체가 되어도 오히려 마른 향기가 나는데 동물 사체는 냄새가 고약해서 그럴까? 그럴지도 모르지만 아마도 펄떡펄떡 뛰어다니던 물체가 저렇게 고정되어 딱딱하게 굳어 썩어 가는 게 안타까워 그런 것이 아닐까, 하고 민세는 생각한 적이 있다.

"아래 배 쪽을 봐 봐. 창자 쪽에 치렁치렁 걸린 것들이 있지? 반짝이는 거."

민세는 포리가 가리키는 곳을 봤다. 창자는 이미 다 썩었고 대신 바다사자 뼈와 뼈를 연결한 어망에 걸린 것들이 있다. 작은 캔도 하나 있고, 낚시 밥을 넣은 것 같은 동그란 플라스틱 통에 양념통도 있고, 작은 물병도 하나 있는데 무엇보다 잔뜩 껴 있는 건 조그마한 플라스틱 조각들이다. 조각은 햇볕을 받아 반짝반짝 빛이 난다.

"설마, 저것들이 바다사자 배 속에 있었던 건 아니지?"

"다는 아니지. 일부는 먹는 건 줄 알고 먹기도 했겠지만, 눈에 보이는 저것들은 나중에 와서 걸린 거야. 진짜로 바다사자가 먹은 건 미세플라스틱들이지. 눈에도 잘 보이지 않는 작은 조각들 말이야. 그것들이 이 섬 영토 안에 물처럼 떠 있으니까. 그것들은 녹지도 않고 썩지도 않아. 바다사자들이 물도 마시고 물고기도 잡아먹고, 그 조각들은 물고기 알인 줄 알고 먹기도 했을 거야. 소화도 안 되면서 바다사자 배 속에 가득 쌓여 가기만 했겠지."

"어우, 아, 정말."

민세는 말을 잇지 못했다. 그런 민세를 가만히 바라보다가 포리가 말했다.

"날마다 이를 닦는 치약, 세탁기에 넣는 섬유유연제, 늘 바르는 화장품. 이런 것에도 미세플라스틱이 다 들어 있어. 미세플라스틱은 물을 정화할 때도 걸러지지 않고 강을 따라 바다로 들어오는 거야."

"어, 이거 참. 어, 이거 참."

같은 말만 반복하며 민세 얼굴이 붉어졌다. 좀 전에 '어우, 정말' 하면서 다른 누군가를 탓하는 마음이 있었기 때문이다. 문제는 나한테 있는데도 남 탓을 했으니 슬며시 부끄러워졌다. 민세는 뜨거워진 얼굴을 두 손바닥으로 한 번 쓸었다. 손바닥이 시원하니 좀 낫다. 민세가 말했다.

"맞아. 가슴이 콱 찔리네. 책임은 나에게 있었어. 나는 날마다 이를 닦으면서도 이렇게 바다 쓰레기 섬을 만든다고는 눈곱만큼도 생각 안 했거든. 미안하다, 미안해."

"오. 그렇단 말이지. 깨달음이 크네. 데리고 온 보람이 있어."

포리가 깔깔 웃었다.

그때 루치아가 다시 배를 멈춘다. 앞쪽 쓰레기 더미가 일렁이는 곳 물속에서 뭔가 움직이는 것이 있다. 뽀글뽀글 물거품도 올라오면서 물 위 쓰레기들이 심하게 흔들린다. 루치아가 물속으로 뛰어들었다. 포리와 민세는 일어서서 루치아를 지켜본다.

물속에 잠수한 루치아가 금방 물 위로 올라왔다. 루치아는 바다거북을 품에 안고 있었다. 거북은 루치아의 가슴에 울컥울컥 뭔가를 토해 내고 있다. 거북이 토해 놓은 것들은 일렁이는 물에 섞여 퍼져 나간다. 루치아는 한 손으론 거북의 등딱지를 툭툭 치고 한 손으론 거북의 배를 쓸어 주고 있다.

이윽고 거북이 토하는 걸 멈추었다. 루치아가 등딱지 두드리던 손으로 거북의 눈두덩을 어루만졌다. 몇 번 어루만지자 거북이 겨우 눈을 떴다. 축 늘어져 있던 머리도 들고 루치아를 바라본다. 마치 엄마 품에 안긴 아기처럼. 한참을 그러고 있던 거북이 늘어뜨리고 있던 넓은 앞발로 루치아를 안았다. 거북을 안고 배에 올라오는 루치아를 포리와 민세가 거들었다.

거북은 눈알을 뒤룩뒤룩 굴리며 포리와 민세를 본다. 민세는 거북의 청록색 등딱지를 살살 만졌다. 거북이 가만히 있다. 포리는 거북의 누런 가슴과 턱 밑에 손을 넣고 살살 만져 준다. 거북은 기분이 나쁘지 않은지 그것도 가만히 놔둔다. 자기를 구해 준 루치아의 동료인 줄 아는 거다.

"그물에 목이 감기고 무슨 갈고리 같은 거에 등딱지가 걸렸더라고."

루치아가 졸린 자국이 완연한 목과 갈고리에 조금 찢긴 등딱지를 만지며 알려 줬다.

"목이 졸린 탓인지 많이 토했어. 토사물에 플라스틱 조각이 많았어. 토한 건 아주 잘한 거지. 배 속이 좀 시원해졌을 거야."

"아유, 고생 많았어, 거북아."

민세가 거북이 눈을 마주 보며 말했다. 거북이 알아듣고 앞발을 들어 민세 어깨를 툭 건드렸다.

루치아는 배를 빨리 몰았다. 가장 빨리 섬을 벗어날 수 있는 외곽으로 나갔다. 트래시아일스섬 국경에서 한참 벗어난 뒤에 바다거북을 놓아줬다. 거북은 물속에 들어갔다가 다시 쑥 올라오더니 앞발을 한 번 흔들어 보이고는 물속으로 들어갔다. 포리, 루치아, 민세는 손을 흔들어 화답했다.

"우리 나라는 해양 생물을 손님으로 맞이할 수 없어. 우리

나라에 들어오려면 목숨을 걸어야 할 정도로 위험하니까. 손님을 못 오게 하는 나라라니, 참 슬픈 일 아니니?"

포리가 민세와 루치아를 보며 말했다.

"슬프고말고. 탐욕이 만들어 낸 지옥 같은 거니까."

루치아가 고개를 흔들며 말했다. 민세는 루치아 말에 가슴이 덜컥 내려앉는 느낌이 들어 아무 말도 하질 못했다.

트래시아일스에서는 며칠 더 탐사를 했다. 네덜란드 오션클린업에서 설치한 길이 100m, 높이 3m 되는 U 자 모양 쓰레기 수거 그물도 가서 봤다. 그건 보얀 슬랫이 열여섯 살 때 생각해 낸 아이디어였다. 포리가 말했다.

"보얀 슬랫은 오션클린업 CEO야. 보얀은 바다에서 스킨스쿠버 하는 걸 좋아했대. 근데 바다 속에 쓰레기가 점점 많아지더라는 거야. 깨끗한 바다에서 놀고 싶은데 쓰레기가 자꾸 생기니까, 바다 쓰레기에 관심을 갖게 되었다는 거지. 당연히 트래시아일스도 알게 되었고, 어떻게 하면 바다 쓰레기를 치울 수 있을까 생각했대. 그리고 금방 답을 찾았어."

"와! 그게 뭐야?"

"쓰레기를 해류가 몰고 와서 섬을 만드니까 그 해류를 이용해 쓰레기를 모으자는 생각이지. 보얀은 이렇게 생각했다는 거야. '플라스틱 쓰레기를 수거하러 바다에 가는 게 아니라 플라스틱이 저절로 나에게 오면 되잖아.' 어때 멋지지 않아?"

"멋져! 멋져!"

민세가 손뼉까지 치며 화답을 하자 포리가 살짝 웃고는 말을 이었다.

"북태평양 해류는 시계 방향으로 소용돌이쳐. 그 해류의 흐름에 맞춰 U자형 울타리를 설치한 거지. 둥둥 떠다니는 플라스틱 쓰레기는 알아서 그물에 걸려드는 거야. 어느 정도 모이면 한꺼번에 건져다가 최대한 재활용해."

"와! 훌륭하네."

민세는 크게 고개를 끄덕였다.

민세는 귀국한 이틀 뒤에 반달별을 만나러 갔다. 반달별은 늘 같은 모습으로 민세를 맞이했다. 옷은 아무래도 한 벌뿐인 모양이다. 아래위 통으로 된 흰 옷. 반달별이 다른 옷을 입은 걸 본 적이 없다. 언젠가 민세가 '다른 옷은 없어요?' 하고 물은 적이 있는데 '왜? 싫어? 다른 옷 입을까?' 해서 '아니요' 하고 얼버무린 적이 있다. 그냥 반달별은 상림에 있는 나무나 풀 같았다. 혹시 모른다. 나무처럼 계절마다 옷을 바꿔 입을지.

그런데 반달별은 그러지도 않을 것 같다. 봄에 만나 가을이 되었지만 늘 같은 모습이니까. 그러니까 반달별은 나무도 풀도 고양이도 개도 아닌 그냥 반달별이다.

반달별이 내놓는 차도 늘 상지차나 상백차다. 이젠 민세도 차에 익숙해져서 마시면 몸속 기운이 화답하여 편안한 느낌을 받는다. 하루에 열 잔을 넘게 마신 적도 있다. 누비 아래 반달별과 마주 앉아서 차를 한 잔 마시고 민세가 말했다.

"세상엔 귀한 일을 하는 사람이 참 많네요."

민세는 반달별을 만나고 포리도 만나고 여기저기 여행도 다니면서 그런 생각을 하게 되었다.

"귀하다는 생각이 들어?"

"예."

"그래. 좋은 징조로구나."

반달별이 반색을 하더니 이렇게 물었다.

"민세야, 혹시 너 몸에 무슨 무늬 같은 거 생기지 않던?"

"무늬? 아, 있어요. 반달 모양 무늬. 손등에 생겼다가 사라지곤 해요."

민세는 손등에 생겼던 무늬를 떠올렸다. 한번 왼 손등에 나타났던 반달 모양 무늬는 가끔 나타났다 사라지곤 했다. 아프지도 않고 잠깐씩 있다가 사라지곤 해서 병원엔 가 보지 않았다.

"오호라. 슬슬 때가 되는구나. 잘 되었다."

반달별이 무척 좋아하더니 차를 한 잔 더 따라 주며 말했다.

"이제 이곳 상림에 매일 오면 좋겠구나. 와서 할 일이 있다."

"할 일이요?"

민세는 가슴이 두근거렸다. 할 일이라니. 반달별이 이렇게 적극적으로 뭔가를 얘기한 적이 없었다. 뭔가 대단한 일을 민세에게 맡기려는 게 아닌가 하는 생각이 들 정도였다. 반달별에게 뭔가 인정을 받는 듯한 느낌도 들었다. 민세가 눈에서 빛을 반짝이며 바라보자 반달별이 흐뭇하게 웃으며 대답했다.

"잠두와 본격적으로 같이 일을 좀 해 보자."

"잠두하고요?"

"그래. 네가 잘만 해낸다면, 네게는 무늬가 또 하나 생겨날 거다. 그럼 준비가 제대로 되는 거지. 비바!"

"또 다른 무늬라고요? 그게 뭔데요? 왜 생기는데요?"

"세상엔 수많은 무늬가 있지. 무늬마다 고유의 빛깔과 가치가 있는 거고. 그런데도 사람들은 어떤 무늬들만을 고집하곤 해. 그 무늬를 가져야만 행복하고 잘 사는 삶이라고 생각들을 하면서. 자기 스스로 만들어 낸 무늬가 아닌데도 말이다."

민세는 반달별의 말을 잠깐 되새겨 보다가 물었다.

"저한테는 또 어떤 무늬가 있어요?"

"그건 자연히 알게 될 거다. 힘들지만 중요한 결정을 내리고, 그 결정이 너의 내부에서 열정으로 솟아나면 그게 또 다른 무늬를 만들어 낼 거야. 비바!"

"…… 네."

민세는 확실하지는 않지만 뭔가 자신에게 중요한 때가 왔음을 느꼈다. 아마도 그런 민세의 마음이 얼굴에 드러났나 보다. 반달별이 민세의 표정을 보면서 흐뭇한 얼굴로 고개를 끄덕였다. 그다음 날부터 민세는 매일 학교만 끝나면 상림에 와서 시간을 보내기 시작했다.

상림에 매일 오면서부터 민세는 자기가 몰랐던 장점도 알게 되었다. 민세는 손의 감각이 뛰어났다. 눈을 감고도 섬유를 만져 무슨 섬유인지 알아맞히는 신기한 재주가 있었다.

상림 식구들이 다 모인 자리에서 민세가 그 재주를 선보이자 다들 놀라 자빠질 뻔했다.

"내가 진즉에 알아봤지. 섬유 전문가가 될 소질을. 비바!"

반달별이 자기 자랑을 했다.

"제 공도 만만치 않죠. 민세가 누구 땜에 상림에 계속 오고 싶겠어요. 그렇지, 민세?"

포리가 민세에게 눈을 찡긋해 보였다. 민세는 기분이 날아갈 듯하다.

"감사합니다, 두 분. 잠두와 루치아도."

몰랐던 재주를 알게 되고, 무엇보다 재미있었다. 아울러 이런 좋은 사람들과 늘 함께 할 수 있으니. 민세가 반달별에게 말했다.

"열심히 배우고 싶어요. 세상의 모든 섬유들 데이터를 수집하고, 구조를 분석하고, 처리하여 완전히 새로운 섬유도 개발하고 싶어요. 물론 잠두와 루치아와 같이요."

"나야 좋고말고. 내가 할 수 있는 모든 능력을 동원해 도울게."

반달별이 흥겨운 목소리로 화답했다.

광호는 금 갔던 이가 다 붙었다. 김 박사의 레진 치료는 정평이 나 있다. 금 갔던 부분을 잘 감싸고 코팅을 하여 흔적을 없앴다.

"뭐니 뭐니 해도 자연 치아가 가장 좋습니다."

김 박사가 늘 하는 말이다. 김 박사는 자기 철학대로 충치가 심해도 될 수 있으면 발치를 하지 않고 고난도 신경 치료도 마다하지 않는다.

"감사합니다."

광호가 헤벌쭉 웃으며 말했다. 치료가 끝나는 날이라 민세가 동행했다. 김 박사는 주의를 준다.

"앞으로 주기적으로 점검을 받아야 한다. 한번 금 갔으니 전과 똑같을 수는 없어. 잘 관리하지 않으면 그 힘든 신경 치료를 또 받아야 할 수도 있고 심한 경우엔 발치까지도 갈 수 있어. 내가 그렇게 두지는 않겠지만 광호 네가 잘 해야 고생을 덜 하지. 알았니?"

"넵."

광호가 활기차게 대답한다. 옆에서 김 박사 말을 들으며 민세는 흐뭇하다. 이럴 땐 정말이지 김 박사는 전문가의 위엄이 넘친다. 그러나 웃는 민세 얼굴을 김 박사는 애써 외면하고 보질 않는다.

어젯밤 마치 이 신경 치료를 하듯 고난도의 정신 집중이 필요한 다툼이 있었다. 다툼이라기보다는 김 박사의 한탄이 중심이었다.

"내가 어디까지 물러서야 되는 거야?"

김 박사의 물음 속에는 강력한 추궁이 들어 있다. 학교를 빼먹고 가는 오스트레일리아 여행도 보내 줬고, 트래시아일스섬 여행도 보내 줬으며, 무엇보다 학원도 그만 다니겠다고 하여 힘들게 동의했던 김 박사다.

"나보고 아예 엄마 역할을 하지 말라는 거니?"

김 박사가 충분히 그럴 만하다고 민세는 생각한다. 어젯밤에 민세가 진지한 표정으로 김 박사에게 내놓은 제안은 이랬다.

"엄마, 학교 말고 다른 데서 공부하면 안 될까?"

학교를 그만 다니겠다는 거다. 아니 정확하게 말하면 다른 학교를 다니겠다는 거다. 상림에서 긴 시간을 들여 잠두와 연구도 하고, 포리처럼 배운 대로 생각한 대로 실천하고 행동하고 싶었다.

김 박사가 고통스러운 표정을 지었다. 늘 지는 게임을 하는 패자의 슬픔이 어린 표정이기도 하다. 김 박사는 너무나 잘 알고 있다. 민세는 오 선생이 아니라 자기를 닮았고, 스스로도 자기 특징이라고 인정하는 고집 센 성격을 그대로 빼닮았다. 한번 하고 싶다고 결정한 것은 어떻게든 해 보고야 마는 그 고집. 김 박사는 자신의 현재를 만들어 낸 힘이 그 고집이라고 은근히 자부하는 편이기도 했다. 그래서 지금 민세가 입 밖으로 내놓은 저 말은 반드시 실천될 것이라는 것도 알았다. 뼈아프지만 인정해야만 하는 사실이었다.

"후유! 도대체 그게 뭔데? 뭔 공부?"

김 박사가 맥 빠진 목소리로 물었다.

"엄마가 결코 실망하진 않을 거야."

민세 목소리는 밝고 높았다.

"뭔지는 알아야지. 그건 부모의 권리이자 의무다. 뭔지 말하지 않는다면 허락도 당연히 안 돼."

김 박사 목소리가 냉정을 되찾았다. 단호하고 명확한 발음이 또박또박, 낱말 하나하나 힘이 생긴다. 민세는 어물쩍 넘어갈 수 없음을 알았다. 상림의 모든 것이 머릿속에 맴을 돈다. 반달별이며 포리며 잠두며 루치아며 사리와 두강이까지. 어떻게 이야기하면 좋을까. 민세는 말 시작을 머뭇거리다가 결국 이렇게 짧게 내놓고 말았다.

"섬유를 연구하는 거야."

"뭐?"

김 박사가 손으로 자기 귀를 만졌다. 잘 들었으면서도 내 귀가 뭔가 말을 잘못 들었는지 의심하는 동작이다.

"다시 말해 봐."

민세는 아무래도 너무 단순한 대답이란 생각이 들어 이렇게 보충했다.

"지구가 쓰레기별이 되어 가잖아. 특히 플라스틱 쓰레기. 플라스틱으로 재생 섬유도 만들고, 세탁하지 않아도 되는 옷도 만드는 일이야. 한마디로 지구에 사는 생명들을 구하는 일이지."

"뭐? 지구를 구해? 얘가……."

김 박사는 기가 찬다는 표정을 지었다. 민세는 아차 싶었다. 너무 가볍게 말한 것 같다. 포리가 언젠가 그랬다.

"그래서 난, 엄마와 물리적 거리를 두려고 했어."

민세가 엄마 김 박사와 겪는 다양한 갈등들에 대해 이야기를 했을 때 포리가 한 말이었다. 포리 엄마는 얘기를 들어 보면 '산뜻함' 그 자체였다. 포리가 하는 행동에 대해 제재를 한 적이 거의 없다. 다만 포리가 안전한가, 마음은 편안한가를 늘 말없이 보살펴 줬다. 그런 포리 엄마도 이렇게 말했단다.

"그건 좀 심하다. 네 나이에 어울리지 않는 일인 것 같다. 나이도 좀 더 먹고 힘도 좀 더 키워서 하면 좋잖아?"

포리가 기후 변화에 대하여 연구하고 공부하고 실천을 하겠다고 학교를 그만두고 돌아다니자 한 말이다.

"나는 충분히 나이 먹었고 힘도 있어. 지금 할 일을 왜 나중에 하지?"

포리는 이렇게 엄마와 의견 대립이 있었다. 마침내 포리가 결정한 것이 '엄마와 물리적인 거리 두기'였다고 했다. 그것이 이곳 여강상림에 머물게 된 이유 중 하나이기도 하다고. 그러나 한편 민세는 생각한다. 물리적인 거리 두기도 좋은 방법이긴 하겠지만 다른 방법도 당연히 있다고. 거리를 둬서 해결될 문제도 있지만 아예 거리를 없애서 해결할 문제도 있는 거니까. 민세는 다시 진지한 얼굴로 또박또박 말했다.

"내가 진짜 하고 싶은 일을 찾은 것 같아. 엄마가 믿어 주고 격려해 주셨으면 좋겠어."

민세의 확고한 진심을 보고 놀라서일까. 김 박사가 선뜻 답을 못 하고 뜸을 들이더니, 냅다 소리쳤다.

"아빠 불러! 당장 전화해!"

소환되어 집에 들어서는 오 선생에게 김 박사는 낱말이 총알인 기관총을 난사했다.

"아예 학교를 때려치운대. 당신 바람대로 된 거네. 얘가 뭘 하든, 이래도 응 저래도 응 하니까 결국 이렇게 되고 말았잖아. 둘이 끌어안고 춤이라도 춰야 되는 거 아냐?"

"……."

"왜? 할 말이 없어? 그렇기도 하겠지. 아빠라고 뭐 책임을 져 봤어야 알지. 당신 하고 싶은 대로만 하고 사니까. 도대체 부모가 뭐냐고. 어떻게든 애가 좀 더 나은 미래를 살도록 도와야 할 거 아냐. 나도 병원 운영이 좋기만 한 거 아냐. 사람들 병든 이를 치료하는 게 쉬운 일인 줄 알아? 가끔은 일 그만두고 싶을 때도 있어. 그럴 때마다 누굴 생각하며 버티는데. 애는 점점 어긋나고."

"……."

오 선생이 묵묵히 듣고만 있다. 그게 김 박사 부아를 더 돋웠다. 드디어 김 박사 목에서 쇳소리가 났다. 화가 펄펄 끓어오르고 있다는 뜻이다.

"아, 입이 있으면 무슨 말을 해 봐."

오 선생이 민세를 힐끔 본다. 민세는 희미하게 웃음을 띤 얼굴로 아빠를 마주 봤다. 김 박사 눈치가 보여 민세는 얼른 얼굴 웃음기를 거둬 들였지만. 민세는 안다. 아빠 오 선생은 무조건 민세 편을 들어 줄 것이다. 지금도 침묵으로 엄마의 공격을 꿋꿋이 버텨 내고 있지 않은가. 엄마 공격이 한풀 꺾이면 그때 민세를 위한 말들을 조곤조곤 내놓을 것이다.

"속 터져! 당신, 이 사태를 어떡할 거냐고!"

김 박사가 다시금 압박하자 오 선생이 더는 버티지 못하고 입을 열었다.

"오민세. 그건 아니지. 학교는 다녀야지."

"응?"

민세는 눈을 동그랗게 떴다. 잘못 들었나 싶기도 하다.

"좀 지나치다. 잠깐씩 여행 가는 거야 얼마든지 좋다고 본다. 하지만 학교를 그만두는 문제는 다른 차원이야. 너는 뭔가에 한번 꽂히면 물불 안 가리잖아. 그게 장점이기도 하지만 조절이 필요한 단점이기도 해. 지금은 엄마 말이 맞아. 학교를 다니는 게 교과 과정만 공부하는 건 아니잖아. 그건 아주 일부분이지. 실제로 중요한 건 또래들하고 살아가는 법을 배우는 거야. 홈스쿨도 있지만 그건 엄마 아빠가 할 생각이 없으니 안 돼. 무엇보다 어울려 살아가는 사회성을 익힐 기회를 잃어버릴 수 있어. 아빤 그게 걱정이다."

역시 조곤조곤, 아빠는 목소리를 하나도 높이지 않고 부드럽게 말한다. 그런 어조로 하는 말을 듣다 보면 그냥 "알았어." 하고 싶어진다. 그러나 민세는 지금 완전 뒤통수를 맞은 기분이다. 세상에, 어떻게 아빠가 저런 말을 하지? 아빠도 똑같은 꼰대였나. 민세는 뒤통수가 얼얼하다 못해 진한 배신감을 느꼈다. 그래서 말이 험하게 나갔다.

"아빠도 뭐, 똑같네. 실망이에요."

오 선생이 픽 웃고 뭐라 말하려는데 김 박사가 먼저 치고 나왔다.

　"민세 너! 그게 무슨 말버릇이야. 이러니 안 되지. 벌써 그렇게 버릇없이 나오는데, 학교까지 그만둬 봐. 뭐든지 제멋대로일 거 아냐. 그런 꼴은 절대 못 봐! 넌 지금 철이 없는 거야. 이성적으로 사고할 힘이 없는 거라고."

　"그래. 아빠도 엄마 말이 옳다고 본다. 이성보다는 감정에 치우친 결정이 맞을 거야. 좋아하거나 하고 싶은 것만 하고 살수는 없어. 진정으로 내가 하고 싶은 것을 하고 살려면 하기 싫은 것도 해내는 힘이 길러져야 해. 지금 학교를 다니기 싫다면 오히려 잘 된 거야. 싫은 걸 견디는 힘을 기를 기회가 되는 거니까."

　김 박사와 오 선생은 오늘 아주 딱딱 잘 맞는다. 오랜만에 부부로서 한목소리를 낸다. 그러나 민세 가슴속에서는 반발심만 쑥쑥 커진다. 민세는 올라오는 단말마적인 말들을 꾹꾹 눌렀다. 상대방 화를 돋우는 낱말들은 던져 봐야 더 격한 말이 돌아올 뿐이다. 민세는 좋다고 생각하는 말을 최대한 골랐다.

　"두 분 말씀 다 알겠어요. 날 사랑해서 하는 말이고 날 걱정해서 하는 말이잖아. 잘 알아요."

좋은 말은 힘이 크다는 걸 민세는 안다. 언젠가 반달별이 그랬다.

"화가 날수록 말은 부드럽게 해야 한다. 그래야 상대방 화도 누그러뜨리고 무엇보다 말하는 나 자신이 편안해지는 법이란다."

엄마 김 박사와 갈등하는 문제를 털어놨을 때 반달별이 해 준 말이다. 정말 그렇다. 민세는 지금 반달별의 말을 실감했다. 반발심이 무럭무럭 자라나서 비명처럼 뭔가를 내지를 뻔했다. 근데 꾹 참고 말을 부드럽게 했더니 마음이 너무나 편안하다. 김 박사와 오 선생도 서로 마주 보며 웃는다. 민세 반응이 뜻밖이었던 거다. 민세가 한결 편안해진 마음으로 말했다.

"두 분이 동의하지 않으셔도 저는 할 거예요. 제가 잘할 수 있고 더구나 정말 가치 있는 일이니까요. 제 소질을 발견했어요. 적극적으로 지지하고 도와주는 분도 있고요."

"뭐, 뭐?"

김 박사가 허탈한 표정으로 민세를 멀뚱히 바라본다. 오 선생 역시 어이없다는 얼굴이다. 민세가 당당하게 아퀴를 지었다.

"제 결정을 믿고 응원 부탁드려요."

김 박사와 오 선생은 잠깐 대꾸를 못 했다. 민세는 뿌듯했다. 반달별이 한 말 '스스로 만드는 무늬'가 무슨 뜻인지 알 것 같았기 때문이다. 그건 아주 중요한 결정을 힘들게 내렸을 때 생겨나는 거라는 것도. 민세는 가슴속에서 꿈틀거리는 벅찬 열기가 온몸으로 퍼져 가는 것을 느꼈다.

민세는 외면하고 치료실로 들어가려는 김 박사 팔을 잡았다.

"엄마, 선생님께 말씀드렸어."

담임 선생님은 깜짝 놀라서, 김 박사나 오 선생과 비슷한 말을 길게 했다. 민세는 끈기 있게 듣고 나서 '걱정은 충분히 이해하지만 내 결정을 믿고 가 보겠다.'라고 대답했다. 김 박사는 "엄마 바빠. 그리고 난 할 얘기 없어. 니 맘대로 다하는데 내가 뭔 말을 하니?" 하고는 치료실로 들어가 버렸다.

민세는 광호와 병원을 나왔다. 감쪽같이 붙은 광호 앞니가 반짝 빛이 난다. 민세는 잠깐 생각한다.

'광호 이 녀석을 상림에 데려가 볼까?'

조만간 그래야겠다고 생각하고 민세는 광호와 헤어졌다.

민세는 상림으로 등교했다. 본격적으로 민세가 참여하자 잠두가 고민을 털어놓았다. 목화솜에서 뽑은 면이나 마에서 나온 삼베, 대나무에서 나온 뱀부 같은 섬유와 명주를 섞어서 옷감을 만드는 일은 잠두에겐 아무것도 아니었다. 잠두와 루치아가 같이 나일론과 명주, 면을 혼방하여 천을 짜는 것도 봤다. 그러니 혼방은 잠두의 고민거리 축에도 들지 않는다. 잠두가 말했다.

"우리 프로젝트는, 섬유 혁신을 통한 생명 살리기야. 그건 민세도 알고 있지?"

"당연하지."

"그래서 고민이야. 단지 세탁하지 않는 옷을 만드는 걸로 만족할 수는 없어. 오래 세탁하지 않는다고 해도 언젠가는 빨아야 하고, 또 헌옷이 되면 버려야 되잖아."

"음."

듣고 보니 민세도 고민이 된다. 잠두의 고민이 드디어 민세의 고민으로 전염되었다. 잠깐 침묵하고 있던 민세가 손가락을 딱 튕기며 말했다.

"그렇다면, 이건 어떨까? 변신하는 옷!"

무슨 뚱딴지 소리냐는 눈으로 잠두가 민세를 본다. 민세가 호들갑스럽게 말했다.

"잠두 네가 가장 잘하는 게 변신이잖아. 헌옷도 변신을 시키는 거지. 헌옷을 넣으면 '짠!' 하고 다른 쓸모 있는 물건으로 변신이 되는 기계를 만드는 거야."

"변신 기계?"

"그렇지. 뭐랄까, 자판기, 그래 자판기 같은 거지. 자판기는 버튼을 누르면 버튼에 쓰인 물건이 나오잖아. 그것처럼 변신 옷 자판기를 만드는 거야. 헌옷을 넣으면 다른 물건으로 만들어져 나오는 자판기."

"그게…… 그럴듯하다?"

잠두가 관심을 보이자 민세는 기가 살아서 목소리가 높아졌다.

"헌옷을 넣으면 그 뭐냐, 공책도 되고, 벽돌도 되고, 애들 좋아하는 퍼즐도 되고, 뭐 하여튼 쓸 만한 물건이 막 나오는 거지. 돌고 도는 순환 법칙! 쓴 물건을 변신시켜 또 쓴다, 이거야."

"호! 그렇게 될 수만 있다면, 그것도 괜찮은 방향이긴 하다."

"그렇지? 그렇지? 잠두 너랑 나랑 그 변신 기계를 만드는 거야. 어때?"

"흠. 그래. 차근차근 연구해 나가자."

"물론이지. 변신 기계가 하루아침에 툭 떨어지지는 않을 테니까. 수많은 시행착오를 거쳐야겠지."

"그래."

잠두가 앞발을 가지런히 모으고 생각에 잠긴다. 민세는 다리를 쭈욱 뻗고 드러누웠다. 잠두의 고치 안이 아늑하고 부드러운 올들이 몸을 따뜻하게 안아 주는 느낌이다. 잠두의 방은 고치 모양이다.

"아, 너무 좋다. 나도 이런 방이 있으면 좋겠다."

"그렇게 좋아?"

잠두가 민세를 가만히 바라보더니 말했다.

"그럼 너도 이런 집을 가지면 되지."

"응? 어떻게?"

민세가 벌떡 일어나 앉았다.

"지으면 되잖아. 울과 명주뿐 아니라 플라스틱 재생섬유와 면과 삼베도 섞고 세상의 섬유란 섬유는 다 모아서 집을 지어 보는 거다. 내가 지어 줄게."

"어……."

민세는 멍한 표정을 지었다. 사람이 너무 좋아도 멍해지는 법이다. 고개를 흔들어 정신을 차린 민세가 말했다.

"좋다! 좋아! 너무 좋아! 근데 어디에 짓지? 여기 상림관에? 아니면 바깥에?"

그때 번개처럼 민세 머릿속을 치고 지나가는 그림이 있었다. 바로 5백 년 뽕나무 누비의 가지 사이에서 보았던 원통형 집.

'아, 그거였어!'

민세는 온몸에 짜릿하게 전기가 통하는 걸 느꼈다. 그리고 잠두에게 선언하듯 말했다.

"누비 가지 사이에 짓겠어. 내 고치 집."

"하하. 그럴 줄 알았지. 만날 누비를 쳐다보고 좋아하더라니."

잠두가 이미 알고 있었다는 듯이 대답했다.

잠두와 민세는 겨울 내내 '변신 기계' 만드는 방법을 연구하며 지냈다. 헌 옷을 넣으면 여러 가지 물건으로 만들어져 나오는 변신 기계는 설계 자체가 어려웠다. 그래서 민세가 의견을 냈다.

"옷에서 옷으로 변신하는 기계를 먼저 만들자."

"좋은 생각이야."

잠두도 흔쾌히 동의했다. 기계에는 원피스, 투피스, 티셔츠,

속옷, 슈트, 민소매, 반바지…… 같은 단추들이 있다. 헌 옷을 넣고 원하는 단추를 누르면 단추에 적힌 이름의 옷이 '짠!' 하고 나오는 기계다. 물론 색상으로 고르는 단추도 별도로 있다. 민세가 말했다.

"집집마다 세탁기가 필요 없는 거지. 옷장도 필요 없고 말이야. 이 변신 기계만 하나 집에 들여놓으면 끝!"

"신나는군. 멋진데 그래."

잠두가 앞 몸통 다리를 다 들고 활활 흔들었다. 잠두가 기분 좋을 때 하는 동작이다.

"근데 민세, 그 변신 기계는 이름이 뭐야?"

"글쎄…… 이름은 아직 생각 안 해 봤네. 잘 지어 보자, 이름."

민세와 잠두는 둘이 하이파이브를 했다.

포리와 루치아도 투명 플라스틱 재생섬유로 만든 옷과 장신구들이 어떻게 하면 사람들에게 인기 있을까를 연구하느라 머리에 쥐가 날 정도였다. 반달별은 날마다 상림관과 폴리관을 오가며 연구원들을 격려하고 차를 끓여 날랐다.

겨울이 지나고 봄이 되었다. 민세는 열다섯 살이 되었고 포리는 열일곱이 되었다. 누비의 가지마다 새잎이 돋아 금방 푸른 동산이 되었다. 이제 민세의 집을 지을 때가 되었다. 누비는 여전히 땅에 깊고 넓게 뿌리를 펼치고 아름드리 몸통을 우뚝 세우고 있다. 몸통은 2미터 정도 되고 그 위에서부터 손바닥을 펼치고 손가락을 세운 것처럼 굵은 가지가 사방으로 뻗었다. 민세의 고치 집은 누비의 손바닥 위에 짓기로 했다.

바깥을 감쌀 울은 오스트레일리아에서 울루가 직접 갖고 왔다. 울루는 역시 똑같은 옷차림으로 나타나서 말했다.

"최고급 메리노울이에요. 울로 집을 짓는 건 또 처음이네요. 그래서 구경도 할 겸 제가 직접 왔답니다."

수다스럽지만 듣는 이를 전혀 질리게 하지 않는 유쾌한 울루다. 고치 집 안감을 댈 명주는 잠두가 정성 들여 짰다. 식물성 섬유인 면과 삼베, 뱀부도 잠두가 명주에 혼방했다. 물론 루치아와 포리가 플라스틱 재생 섬유도 아주 잘 만들어서 제공했다. 세상의 모든 섬유를 다 혼방하여 짓는 집이다.

열흘 만에 집은 완성되었다. 누비의 손바닥 위에 올라앉은 타원형 하얀 고치는 처음부터 그곳에 있었던 듯 조금도 어색한 느낌이 없다. 누비의 회색 몸통과 가지 그리고 푸른 뽕잎이 하얀 고치와 잘 어울린다. 집에 올라가는 건 계단 대신 명주와 울을 섞어 줄을 만들어 늘어뜨렸다. 팔 힘이 있는 사람은 줄을 잡고 올라가면 되고 팔 힘이 없는 사람은 먼저 올라간 사람이 당겨 주면 되었다.

완성된 고치 집에 다들 올라갔다. 반달별, 울루, 민세, 포리, 잠두, 루치아는 줄을 잡고 올라갔고 두강이는 줄도 잡지 않고 자기 발로 기어올랐고 사리는 민세가 안고 올라갔다. 내부는 넓었다. 민세가 앉아서 연구할 수 있는 책상도 있고, 누워서 쉬거나 잠을 잘 수 있는 침대도 있고, 올라간 사람들이 다 같이 빙 둘러앉고도 남는 공간이 따로 있다.

반달별이 가지고 올라온 찻주전자를 들어 차를 따랐다. 늘 누비 아래 놓인 탁자에서만 마시다가 누비 위에 올라앉아 차를 마신다. 민세는 창문을 열고 고치 밖으로 손을 뻗어 누비의 가지를 어루만졌다. 민세는 자신이 마치 누비와 하나가 된 것 같다는 느낌마저 들었다. 민세는 꿈을 꾸는 것 같기도 했다.

"민세야, 축하한다. 상상이 현실이 되었어."

반달별이 말했다. 민세는 반달별 말을 알아들었다. 분명 반달별은 그 말을 하고 있는 것이다. 민세가 상림에 처음 오던 날부터 언뜻언뜻 봤던 누비 가지 위의 하얀 고치 얘기. 민세가 봤느냐고 물을 때마다 반달별은 못 봤다고 대답했다. 그러니까 그건 민세 상상 속의 그림이었던 셈이다. 이렇게 실체로 만들어질 추상화. 민세는 반달별을 바라보며 빙긋 웃었다. 말은 필요 없었다. 그 대신 울루가 반달별 말에 응답했다.

"인류 역사는 언제나 그랬죠. 상상이 현실이 되는 역사, 이야기가 현실이 되는 역사 말입니다."

"맞는 말씀입니다."

반달별이 울루에게 고개를 끄덕여 보이는데, 포리가 말했다.

"민세, 손등 무늬 예쁘다. 어떻게 한 거야?"

"응?"

민세가 두 손등을 펴서 내밀었다. 무늬는 선명했다. 왼 손등에는 노란 반달이 떴고 오른 손등에는 하얀 별이 떴다. 민세도 놀랐다. 왼 손등의 노란 달은 가끔씩 나타났다가 사라졌었지만 오른 손등의 하얀 별은 처음이었다. 포리가 민세 손등 무늬를 만졌다.

"그린 것도 아니고, 찍은 것도 아니고. 몸 안에서 그려져 나왔나 봐. 참 신기하다."

포리는 몸을 민세에게 기울이며 무늬를 계속 어루만진다. 민세는 포리의 손가락 감촉이 명주보다 부드럽다는 생각을 한다.

포리가 손등을 만지는 느낌이 좋아 손을 맡겨 놓고 가만히 있었다. 반달별이 말했다.

"축하할 일이 거듭 생기는구나. 이제 민세가 새로운 이름을 얻을 때가 된 모양이다. 비바!"

"새로운 이름이요?"

"그래. 민세야, 네 손등 무늬를 왼쪽부터 읽어 보렴."

민세는 자기 손등을 보면서 왼쪽부터 무늬를 읽었다.

"노란 반달 하얀 별."

"색깔은 빼고 읽어 보자."

"반달…… 별…… 반달별?"

"그래, 이제 네가 반달별이다. 비바!"

"와!"

포리가 탄성을 질렀다. 울루도 눈을 크게 떴다. 두강이와 사리도 다가와 민세 손등의 무늬를 살펴본다. 사리는 분홍 혓바닥을 내밀어 노란 달과 하얀 별을 삭삭 핥아 보기도 했다. 반달별이 말했다.

"그 무늬는 민세 네가 내부로부터 변화를 시작한다는 것을 밖으로 나타내는 증표와 같은 거다. 세상은 수많은 변화 속에 한 걸음씩 나아가기도 하고 더러는 물러나기도 하는 거지. 민세야, 네 변화는 퇴보하기보다는 진보하기를 바란다. 나는 그럴 거라고 믿는다. 내 이름을 너에게 주는 것이 너무 좋다."

민세가 세차게 고개를 흔들었다.

"아니에요, 저는 반달별이라고 불리고 싶지 않아요. 아직 달과 별의 이치도 제대로 깨닫지 못했잖아요. 하지만 새 이름을 짓는 건 좋아요. 저도 그러고 싶어요. 저도 상림에 와서 제가 진정으로 뭘 하고 싶은지 조금씩 깨닫고 있는 중이니까요."

"그래? 그렇다면 무슨 이름을 갖고 싶으냐?"

반달별이 빙그레 웃었다.

"누비요. 늘 한결같은 모습으로 이렇게 서 있으면서, 이제 저에게 집까지 준 누비를 닮고 싶어요."

누비에 집을 짓기 시작할 때 반달별이 말해 줬다. '누비'는 어마어마한 변화를 이뤄 내는 누에의 다른 이름이라고. 누에는 평생 뽕잎만 먹고 살면서 네 번의 완전한 탈바꿈을 해낸다고. 그러니 사람들은 자연스럽게 오백 년 뽕나무를 누비라 불렀다고. 가치 있는 변화야말로 진정한 진보가 아니냐고. 누비는 한결같은 모습으로 서서 그 변화의 아름다움을 보여 주고 있는 거라고. 반달별 말을 들으며 민세는 감동했다.

그때 포리가 고개를 흔들며 민세 말을 반박했다.

"누비한테 물어봐야지. 누비가 자기 이름을 줄 건지."

"아, 그게, 그러네."

민세가 더듬거리자 포리가 빙긋 웃으며 말했다.

"누비, 허락하겠으면 가지를 흔들어 줘요."

누비가 기다렸다는 듯, 가지를 흔들고 잎들은 우수수 소리를 냈다. 포리가 눈을 동그랗게 떴다. 누비가 아주 즐겁게 허락하는 것으로 누구나 느낄 수 있었다. 이제 민세는 누비가 되었다. 누비 품속에 집까지 얻었으니 당연한 거였다.

"누비!"

포리가 큰 소리로 불렀다. 민세가 응답 없이 가만히 있으니까 포리가 "누비, 누비" 하고 더 크게 불렀다. 잠두가 민세 어깨를 툭툭 치며 포리를 가리켰다.

"부르면 대답을 해야지, 뭐 해?"

포리가 깔깔 웃는다. 그제야 민세 아니 누비가 알아듣고 씩 웃으며 대답했다.

"하하. 아직 익숙하지 않아서."

"바뀐 이름은 자꾸 불러 줘야지. 자, 누비야, 이 집 이름도 지어야지."

반달별이 말하자 포리도 반색한다.

"맞아요. 내가 하나 제안해 볼까? 누비방 어때? 누비에 있는 방."

"좋아. 그것도 좋네."

민세-누비가 일 초도 망설임 없이 대답하자 포리가 "얘는, 생각 좀 하고 대답해라." 하고 퉁을 줬다. 어쨌든 누비 위에 지은 고치 집은 그래서 '누비방'이라 불리게 되었다.

포리는 줄을 타고 오르내리는 게 재미있다며 툭하면 누비방에 놀러 왔다. 그날은 오월의 훈풍이 살랑거리던 날이었다. 민세-누비는 보던 책을 덮어 두고 포리와 마주 앉았다. 포리가 손을 꼽아 보더니 말했다.

"우리가 만난 지 딱 일 년 되는 날이네, 오늘이."

"진짜? 와, 누나는 그걸 기억해?"

"어떻게 기억을 못 하니. 바로 요 아래에서 만났잖아. 나는 내 머리카락을 날리던 바람과 코끝을 스치던 아카시아 향까지 다 기억난다. 누비 잎사귀들이 추던 춤도 똑같이 보인다."

"아!"

민세-누비는 탄성을 질렀다. 포리 말을 듣고 있으니 일 년 전 그날이 또렷이 생각난다. 포리의 말처럼 아카시아 향도 누비 잎사귀들의 춤도. 민세-누비는 뭐라 표현할 수 없는 감동이 일었다. 그건 아마도 포리를 향한 어떤 마음들임이 분명하다. 민세-누비가 솟구치는 감정을 억누르기 위해 상백차 한 잔을 가만가만 마시는데, 포리가 말했다.

"누비, 6도의 절망과 3도의 희망이라고 들어 봤어?"

"어…… 알지. 기후 온난화 얘기잖아. 100년 안에 지구 평균 온도가 6도 오르고 지구 생명체는 모두 멸종한다며. 완전 절망인 거지. 하지만 6도 오른다는 건 과장이고 실제로는 3도 정도 오를 가능성이 있대. 인류가 지금처럼 화석연료를 펑펑 쓰고 탄소를 줄이기 위한 노력을 별로 하지 않으면 말이야. 물론 3도도 위험하긴 마찬가지지만, 3도 오른다고 보면 노력할 희망이 생기잖아."

"그래. 맞아. 잘 아네."

포리가 환하게 웃는다. 포리는 상백차를 한 모금 마셨다. 그러곤 웃음기를 거두고 진지한 표정으로 말했다.

"희망은 언제나 좋은 거지만 적절한 노력이 따르지 않으면 순식간에 절망이 될 수도 있어. 지금 지구가 그래. 우리 트래시아일스 영토는 줄어들지 않고 늘어만 가. 태평양, 대서양, 인도양. 바다마다 해류가 도는 곳엔 쓰레기가 쌓여서 섬이 생겨나고 있어. 바다가 언제까지 쓰레기를 받아 줄까? '난 더 이상 못 받아.' 하고 바다가 안고 있던 온갖 쓰레기를 되뿜어 버리면 어떻게 될까? 살아남을 육지 생물이 있을까?"

"아마도…… 없겠지……."

민세-누비 얼굴이 시무룩하다. 얼굴을 스치는 바람은 따스하고 포리가 곁에 있어 더없이 행복한데, 포리가 하는 말을 듣고 있자니 가슴이 답답해진다. 포리가 민세-누비 손등을 톡톡 치면서 말했다.

"그렇다고 얼굴이 금방 그렇게 되냐."

"내 얼굴이 뭐?"

"세상 끝난 것 같은 표정을 하고 있잖아."

"그랬어? 가슴이 답답해서 그런가 봐. 미래가 불투명하니까. 우리가 뭘 해낼까 싶기도 하고."

"아니, 웬 약한 모습? 보얀을 잊었어? 답은 단순한 곳에 있다니까. 문제는 꾸준히 실천을 하느냐는 거지. 보얀의 아이디어로 바다 쓰레기가 조금씩 치워지고는 있지만 워낙 들어오는 양이 많아. 우리 트래시아일스 국가의 희망인 '영토 제로'가 언제 달성될지 모르겠어."

"영토 제로……. 정말 그렇게 되면 좋겠다."

"그렇게만 된다면 진짜 어마어마한 일이 일어나는 거지."

포리의 말 속에, '영토 제로'는 거의 불가능한 일일 거라는 뜻이 담겨 있다. 민세-누비 생각이 맞았다. 포리가 이렇게 덧붙였다.

"만약 제로가 가능하려면, 그건 아마도 지금과는 완전히 다른 세상이어야 할 거야. 트래시아일스란 나라가 사라진다는 건, 사람들 생활 습관이 지금과는 달라야 하니까."

"해 보지, 뭐."

민세-누비가 툭 던졌다. 포리가 눈을 동그랗게 뜨며 물었다.

"뭘?"

"제로를 만들어 보자고. 트래시아일스 말이야. 누나가 유엔에서 연설을 계속해서 사람들을 설득하는 거지. 그 멋진 실력으로. 이미 누나 팬은 전 세계에 100만 명은 넘잖아. 그것도 열성적인 팬들."

"이거 왜 이래? 누가 100만이래. 1000만 명 넘는다, 너."

"1000만? 누나 정말, 엄청나네? 그럼 더 잘됐네. 가능할 것 같아. 트래시아일스를 '제로'로 만드는 것도. 누나가 일단 1000만 명 확보했잖아. 누나 말대로 생활 습관도 바꿔야 하고, 지금과는 완전히 다른 세상으로 가는 위대한 발걸음을 같이할 사람들 말이야."

"흐음."

포리가 손으로 턱을 괴며 생각하다가 말했다.

"그렇다면 누비 너도 적극적으로 해야 해. 내 연설문도 만들어 주고, 보얀처럼 쓰레기를 수거하는 획기적인 아이디어도 내고. 각 나라가 쓰레기 세금을 낼 수밖에 없는 압박 수단도 만들고. 할 수 있겠어?"

"당연하지. 내가 할 수 있는 모든 지혜를 짜내 볼게. 내가 제로를 만들자고 했으니까 책임을 져야지."

책임을 질 때엔 산뜻하게 져야 한다. 거부해 봐야 맡아야 할 책임은 사라지지 않는다. 할 수 있는 능력껏 책임을 지고, 힘에 부치면 그다음에 도움을 요청해도 된다. 그래야만 도움을 주는 사람도 성의를 가지게 된다. 그건 민세-누비가 십오 년 인생을 살아오면서 터득한 진리 중 하나였다. 민세-누비의 열정적인 대답에 포리도 싱긋 웃는다.

"역시! 멋진 구석이 있어, 누비는."

포리 칭찬에 민세-누비의 가슴속에서 용솟음치는 것이 있다. 뭐라 이름 붙이기 어렵지만 그건 희열이자 감동 같은 거다. 뭐든지 해낼 수 있을 것 같은 정열이기도 하고.

차를 한 잔 더 마시고 포리는 줄을 타고 누비방을 내려갔다. 포리는 한 번 발을 굴러 공중을 날아 순식간에 땅에 발을 디뎠다.

민세-누비는 '제로'에 대한 생각을 시작했다. 제로를 향해 함께 나아갈 사람들의 모임 이름을 생각해 봤다. 제로공동체, 제로국가, 제로네이션, 영토제로, 제로제로……. 우선 이름을 짓기도 만만치 않았다. 이름을 짓다 미뤄 두고 민세-누비는 '제로'가 추구해야 할 지향에 대해서 써 봤다.

 - 바다의 쓰레기 섬을 제로로 만든다.

하나 쓰고 나니 다음이 생각나질 않는다. 연필을 입에 물고 가만히 하얀 종이를 내려다본다. 머릿속도 백지가 되었다. 손으로 이마를 비비며 괴로워하던 민세-누비는 잠두와 나눈 이야기가 떠올랐다. 민세-누비는 이어서 썼다.

 - 물 사용 제로인 옷 변신 기계를 발명한다.

써 놓고 민세-누비는 손가락을 탁 튕겼다.

'좋아. 변신 기계 이름을 제로기계라 하면 되겠다.'

민세-누비는 변신 기계에 두 줄을 치고 제로기계라고 고쳐 썼다. 섬유 연구를 통해 세상을 덜 오염시키는 옷을 만들고 그 옷을 변신시켜 주는 제로기계도 만들어 물 사용 세탁기를 없앤다. 그 대신 집집마다 '제로기계'를 보급한다. 민세-누비는 혼자 고개를 끄덕이며 빙긋 웃었다. 꽤 만족스럽다.

그런데 여기서 또 막혔다. 다시 머릿속은 백지가 되었다. 끙끙거리다가 민세-누비는 결국 반달별을 찾아갔다.

포리와 제로에 대해 나눈 이야기, 생각하느라 끙끙거린 이야기를 다 듣고 나서 반달별이 말했다.

"제로라⋯⋯ 맘에 든다. 바다 쓰레기가 제로가 되면, 바다는 깨끗하게 되살아날 수도 있겠지. 뭔가의 제로는 뭔가의 생성이라. 없음이 곧 있음이 되는 역설! 제로를 추구하는 것이 곧 생명 탄생이라고 봐도 되겠네. 좋구나, 비바!"

"그렇죠? 좋죠? 근데 딱히 내세울 만한 구호가 생각나질 않아요. 좀 도와주세요."

"그래. 음⋯⋯."

잠깐 뜸을 들이던 반달별이 민세-누비에게 물었다.

"누비야. 지금 사람들이 가장 고통스러워하는 게 뭐라고 생각하니?"

"뭘까요. 기후 변화, 경쟁, 전쟁, 기아, 전염병?"

"불평등! 사람이 가장 고통스러워하는 건 언제나 불평등이야. 상대적 박탈감이란 말도 비슷한 뜻이지. 모두가 가난하면 참을 수 있는데 나만 가난하면 견딜 수가 없어. 사람은 누구나 그래. 다 밥을 먹는 자리에서 나 혼자 못 먹는다면? 정말 괴롭겠지?"

"아…… 그게 그렇죠."

"기후 위기도 불평등과 큰 관계가 있어."

"기후 위기도요?"

"그래. 너도 잘 알다시피 지구온난화 주범은 탄소야. 탄소를 많이 배출하면서 인류는 잘 먹고 잘살게 되었어. 주로 유럽이나 북미, 동아시아 나라들이지. 이 나라들은 누구보다 큰 책임을 져야 해. 지나친 탄소 배출로 지구의 모든 생명체를 위험에 빠뜨렸으니, 책임을 지는 건 당연하잖아."

"책임을 어떻게 지죠?"

"앞장서서 탄소 배출을 줄여야겠지. 재생에너지를 쓴다거나 생태농업으로 바꾼다거나 습지를 복원한다거나. 방법은 많아.

안 할 뿐이지. 무엇보다 중요한 건 과잉생산된 것을 가난한 나라에 나눠 주는 일이야. 그게 고르게 잘사는 길이지. 누구는 탄소를 쏟아 내며 잘살고, 누구는 탄소를 배출하지 않는데도 못살고. 너무 불평등하잖아."

"아, 네. 알았어요. 그러니까 '불평등도 제로!' 이거죠?"

민세-누비가 소리를 질렀다. 반달별이 '하하' 웃고는 말했다.

"뭔가를 내세우긴 쉽지만 도달하는 건 어려워. 불평등 제로, 쓰레기 제로, 탄소 제로. 참 좋은 방향이자 목표이긴 하다만 어떻게 성취할 거니? '어떻게'가 문제다."

민세-누비 역시 가장 고민스러운 점이 바로 그거였다. 반달별이 정확하게 핵심을 짚었다.

"저도요. 바로 그게 문제예요."

"쉽게 생각하자. 목표를 이루기 위해선 연구를 하면 돼. 제로기계를 만든다고 할 때 물 사용을 제로화하는 기술을 발명해야겠지. 그 기술을 완성하려면 엄청나게 복잡한 계산을 해내야 할 텐데, 인간의 능력으론 시간이 너무 오래 걸리지. 이때 바로 잠두와 루치아가 있잖아. 계산 방식만 알려주면 잠두와 루치아가 곧바로 답을 내주니까. 다만 제로화를 이루기 위한 기술적인 메커니즘은 누비 네가 만들어 내야 해."

"그걸 제가 어떻게?"

"공부하면 되잖아. 공부는 내가 도와줄게."

민세-누비는 반달별 연구실에 있는 책장을 생각했다. 사방 벽을 가득 채우고 있는 수많은 책. 이제 그 책들을 공들여 읽어야 할 때가 왔음을 민세-누비는 직감한다. 물론 반달별의 소개를 받아 과학자들도 만나 배워야 하겠지. 의지가 불타오른다. 못 할 게 뭐야. 가치 있는 변화는 그만큼 준비가 필요하다. 민세-누비는 포리와 말할 때처럼 커다란 책임과 의무가 바로 앞에 다가왔음을 느꼈다. 정면으로 마주보며 받아안아야 할 때였다.

"네, 그렇게 할게요."

민세-누비는 담담하게 대답했다. 하지만 담담함 속에 딴딴하게 다져진 결심을 반달별은 알아보았다.

"좋다, 좋아. 역시 반달별무늬가 생길 만해."

반달별이 민세-누비 어깨를 가만히 두드렸다.

민세-누비는 몇 날 며칠 고민 끝에 '제로공동체'에 대한 기본안을 만들었다. 반달별이 말한 불평등 제로와 포리가 말한 영토 제로를 섞어서 문구 하나를 만들었다.

- 고르게 다 함께, 제로 -

불평등 제로는 '고르게'라는 말에 담고 쓰레기 섬 영토 제로
는 '다 함께'라는 말에 담았다. 불평등을 없애기 위해선 지구
에서 생산된 결과물을 고르게 나눠 가져야 한다는 생각. 쓰레
기 섬 영토를 제로로 만들려면 누구 혼자 힘으론 절대 이루어
질 수 없다는 생각. 쓰레기를 생산하면서 나오는 탄소도 제로
로 만들려면, 다 함께 노력해야만 되는 일이라는 뜻을 담았다.
그래야만 지구상 모든 생명이 행복하고 평화로울 수 있으니까.
제로공동체의 상징도 만들어 봤다. 영어 Zero의 Z를 크게
쓰고 숫자 0으로 Z 둘레를 꾸몄다. 물론 Z나 0만으로도 제로
공동체를 상징할 수 있다. 상징 도안이야 얼마든지 바꿀 수 있
다.
민세-누비는 상징 도안과 상징 문구를 포리와 반달별에게
내놓았다. 포리는 막 이탈리아에 가서 엄마를 만나고 왔고, 반
달별은 전 세계 과학자 회의에 다녀온 참이다. 잠두와 루치아
도 누비방에 올라와서 오랜만에 상림 식구가 다 모였다. 사리

와 두강이는 누비를 빙빙 돌며 장난을 치느라 누비방에 올라오지 않았다.

반응은 괜찮았다. 반달별이 말했다.

"괜찮다. 아주 쉬운 말인데, 곱씹을수록 맛이 있겠다. 고생했어."

"저도요, 좋아요. 다만 어떤 실천을 담아낼 것인지가 문젠데. 누비, 그것도 생각해 뒀겠지?"

"응, 누나. 난 제로 기계를 만들어 내는 것이 우선 최고 목표야."

민세-누비가 곁에 앉은 잠두의 손 하나를 잡으며 덧붙였다.

"물론 잠두와 함께."

"당연하지. 내가 없으면 누비는 한 발짝도 못 나갈걸. 나한테 잘 보이도록 해 봐, 누비."

잠두가 실린더를 늘여 상체를 쭉 뽑으며 잘난 체를 한다.

"루치아도 있어. 오직 잠두 너만 있다고 착각하지 마. 큰 코 다치는 수가 있다."

포리가 잠두에게 경고를 날렸다.

"언제든 말만 해. 내가 실력 발휘를 해 주지."

루치아가 데엥 여운이 긴 목소리로 응답했다. 잠두가 상체를 끌어들이며 "뭐, 그러든지." ß하면서 몸을 웅크렸다. 그런 잠두를 보며 민세–누비도 포리도 깔깔 웃었다. 반달별도 소리 없이 입꼬리를 올리며 웃었다. 포리가 진지한 얼굴로 말했다.

"제로공동체는 굉장히 큰 그림인 것 같아요. 우리 트래시아일스는 당연히 제로공동체에 가입하도록 하고요, 전 세계에서 기후나 환경 관련 일을 하는 모든 단체가 함께하면 좋겠어요. 그렇게 하자고 제가 열심히 뛰어 볼게요. 마침 잘됐네. 열흘 뒤에 집회가 있으니. 그때 얘기 좀 해야겠다."

"열흘 뒤? 어디서?"

민세–누비가 물었다.

"서울 광화문. 누비 너도 같이 가자."

"무슨 집회야?"

"세종문화회관에서 국제회의가 있어. 온실가스를 줄이기 위해 제대로 된 기후협약을 체결하자는 회의. 기가 찬 일은, 가장 책임이 큰 나라들이 불참한다는 거야. 그래도 우리가 외쳐야지."

지구를 뜨겁게 달구는 탄소 배출량 1위 중국과 2위 미국이 회의에 불참한다고 한다. 포리가 덧붙였다.

"방귀 뀐 놈이 성내는 꼴이야. 미국이나 중국은 기후 위기가

과장된 거라고 해. 주로 자기네 나라 큰 기업들이 하는 말을 그
대로 따라 하는 거지만."

"아유, 정말! 알았어, 누나. 나도 갈게."

열흘 뒤다. 그날은 비가 세차게 내렸다. 세종대왕 동상 주변
에 사람들이 잔뜩 모여들었다. 우산을 쓴 사람도 있었지만 비
옷만 입은 사람이 더 많았다. 어떤 사람들은 비옷도 입지 않고
우산도 쓰지 않은 채 비를 그대로 맞았다. 온몸이 비에 젖었는
데도 눈동자는 반짝였다. 참가자는 어린아이부터 노인까지 다
양한데 청소년이 가장 많았다. 다양한 국적의 사람들이었다.
아마도 포리의 팬이 많이 모인 것 같았다. 포리가 단상에 올라
섰다. 얇은 바람막이를 입고 후드를 쓴 포리가 마이크를 들고
외쳤다.

"제발! 네가 싼 똥은 네가 치워라!"

포리는 조목조목 따졌다. 지구를 뜨겁게 만드는 온실가스에
대해, 온실가스를 주로 배출하는 나라들에 대해, 기후과학자
가 아닌 경제학자들의 논리를 가져와 변명하는 것과 무책임에
대해, 생태가 망가지고 생명이 죽어가는 것은 모른 체하는 인
간의 욕망에 대해. 짧은 연설 마지막에 포리가 이렇게 말했다.

"우리는 반드시 해 내야 합니다. 우리는 반려견과 산책할 때 똥 봉투를 갖고 다닙니다. 내 반려견이 싼 똥은 내가 치우는 거죠. 기본적인 양심이 있는 사람의 행동입니다. 우리는 똥 싼 세금을 반드시 받아 내야 합니다. 여러분, 끝까지 같이 요구하실 거죠?"

사람들이 한목소리로 응답했다.

"네 똥은 네가 치워라!"

사람들 박수와 외침은 거세게 내리는 빗소리를 뚫고 울려 퍼졌다. 세종문화회관 안에서 회의를 하는 각국 대표들에게 당연히 들렸으리라. 연설을 끝내면서 포리가 말했다.

"여러분께 소개하고 싶은 사람이 있습니다. 여강상림에서 온 누비! 얘기 들어 볼게요."

민세-누비는 깜짝 놀랐다. 정말 뜻밖이었다. 얼떨떨한 표정으로 서 있는 민세-누비를 단상의 포리가 손짓으로 부른다. 옆에선 광호가 씩 웃으며 민세-누비의 등을 민다. 광호는 민세-누비가 집회에 같이 가자고 해서 데리고 왔다. 알고 봤더니 광호는 줍깅놀깅 회원이었다. '줍깅놀깅'이란 여강 주변을 달리며 놀며 쓰레기를 줍는 청소년 모임이었다.

민세-누비는 단상에 올라가 마이크를 넘겨받았다.

"제로공동체에 대해서 한마디 해."

포리가 속삭였다. 민세-누비는 마이크를 받아 들고 사람들을 둘러보았다. 수많은 사람들의 눈빛이 자신에게 쏠려 있다. 사람들은 세찬 비바람 속에서도 흔들리지 않는 바위처럼 든든하게 서 있다. 민세-누비는 가슴이 뭉클했다. 민세-누비는 갖고 있던 작은 깃발을 높이 들었다.

"우리는 플라스틱 쓰레기도, 탄소도 제로로 만들어야 합니다. 지구상 모든 생명체가 제로가 되기 전에 우리가 그 원인들을 제로로 만들어야 합니다. 이 깃발은 그렇게 하겠다는 저의 다짐을 표현하는 것입니다. 탄소 제로! 쓰레기 제로! 불평등 제로!"

민세가 작은 깃발 두 개를 흔들었다. 어젯밤 고민 끝에 만든 깃발이었다. 깃발은 흰 바탕에 붉은 글씨로 Z와 0을 쓴 것이다. 아무런 꾸밈도 없어 글자들이 더욱 선명하게 눈에 들어왔다.

"오! 제로!"

여기저기서 탄성이 터져 나왔다. 민세-누비는 제로 기계에 대해서도 이야기한 뒤 이렇게 마무리했다.

"저는 앞으로 옷을 사서 입지는 않겠습니다."

사람들이 웅성거렸다. 갑자기 무슨 소리지? 하는 눈으로 민세-누비를 바라보았다. 민세-누비는 자기의 다짐을 말했다. 인간은 옷 없이 살긴 어렵지만, 지금까지 생산한 옷만으로도 충분하다는 생각. 옷을 돌려 입고 바꿔 입고 변신시켜 입으면 된다는 생각. 그러자면 정말 '제로 기계'가 꼭 필요하다는 것. 그러자 사람들이 고개를 끄덕이며, "제로! 제로!" 하고 화답했다. 제로 기계에 대해 이야기하다가 울컥하여, 옷을 사 입지 않겠다고 선언했는데, 이렇게 큰 호응이 있을 줄 몰랐다. 민세-누비는 새삼스럽게 깨달았다. 여러 사람이 함께한다는 건 얼마나 감격스러운 일인지.

집회에 다녀온 뒤 민세-누비가 반달별과 포리와 차를 마시는 자리에서 말했다.

"플랫폼을 하나 만들어서 제로 실천 아이디어 대회를 열어 보면 어떨까요? 사람들이 아이디어를 내다 보면 점점 애정을 가질 수 있잖아요."

"그거 좋네. 제로 대회, 그럴듯한걸."

포리가 찬성하고 반달별도 고개를 끄덕이며 말했다.

"좋다, 좋아. 하나보단 둘, 둘보단 셋, 셋보단 열이지. 비바!"

"맞아요. 벌써 뭔가 눈에 보이는 것 같네요. 제로!"

포리가 반달별처럼 말끝에 추임새를 넣었다.

"응? 누나도 반달별샘 따라 하기?"

"하하하. 어때? 괜찮아?"

"좋은데. 그럼 나도 해 볼까. 제로 Z!"

"애들이 정말! 내 걸 허락도 없이 막 써먹네. 하지만 뭐, 목표가 숭고하니 내가 참는다, 비바!"

반달별 말에 다 같이 큰 소리로 웃었다. 한참 웃고 떠들다 각자 처소로 돌아갔다. 홀로 남은 민세-누비는 골똘히 생각에 잠겼다.

'이제 시작이다. 제로를 향한 발걸음. 가다가 방향을 잃어선 안 돼. 공부하다 힘들어도 포기하지 말자. 제로 기계는 반드시 만들어야 해. 나는 모든 시간을 들여 연구만 하면 좋겠어. 하지만 가끔은 포리 누나를 따라 외치러 나가기도 해야겠지. 방향을 잃지 않는 가장 좋은 방법은 같은 방향을 걸어가는 사람들의 외침을 듣는 일이기도 하니까.'

그때다. 오래 살아온 뽕나무, 누비를 흔들며 바람이 불어왔다. 향긋한 누비 잎사귀의 냄새가 누비방 창문을 통해 들어온다. 민세-누비는 그 냄새를 깊숙이 들이마셨다. 짙은 향기에 민세-누비는 슬며시 눈을 감았다. 그러면서 민세-누비는 기도하는 마음이 되었다. 이 향기가 언제까지나 이어지기를. 민세-누비 자신이 어른이 되고 또 노인이 되고 민세-누비의 아들딸이 노인이 되고, 손자 손녀가 또 노인이 되어서도 이 향기를 맡을 수 있기를. 민세-누비는 천천히 두 손바닥으로 가슴을 감싸 안았다. 두 손등에 하얀 달과 노란 별이 선명하게 돋아나고 있었다.

자연이 허락한 시간을 빼앗아 가기 전에

50년 정도 전인 것 같군요. 시냇물이나 강물에 들어가 물장구치며 놀다가 목이 마르면 그대로 엎드려 물을 마시던 기억이. 80년대가 시작되면서 급격하게 물은 더러워져 갔습니다. 큰 산 깊은 골짜기 물이 아니면 더 이상 마실 수 없었지요. 지금은 그마저도 어렵습니다.

시내와 강이 더러운데 바다라고 깨끗할까요? 이젠 드넓은 바다마저 온갖 쓰레기 저장고가 되고 말았습니다. 모든 것을 '받아 안는' 곳이 바다라고 하지만 이미 바다도 한계에 온 것 같습니다. 바다만이 아닙니다. 지구 곳곳의 울창한 삼림이 사라지고 있습니다. 삼림이 사라지면 내리는 비가 줄어듭니다.

강수량이 줄어들면 초목이 잘 자랄 수 없고, 땅은 메말라 갑니다.

지구는 건조하고 산불이 자주 일어나고 기온은 올라가기만 합니다. 수십 억 년 나이를 먹은 지구가 단 50년 만에 이런 변화를 가져왔습니다. 과연 그 원인은 무엇일까요? IPCC는 '인간'이 원인이라고 규정했고 UN도 받아들였습니다. IPCC는 각 나라의 기상학자, 해양학자, 빙하 전문가, 경제학자 등 3천 명의 전문가로 구성된 나라 간 기후변화 협의체입니다.

문제를 해결하려면 문제를 발생시킨 원인을 제거해야 합니다. 그렇다면 지구를 깨끗하게 하기 위해 원인인 인간을 제거해야 할까요? 그런 일이 일어날지도 모르겠습니다. 지구라는 자연이 인간을 응징할 수도 있으니까요. 자연은 인간을 비롯한 여러 생명에게 잠깐 살아갈 시간을 빌려줬습니다. 빌려준 시간을 엉망으로 쓴다면 언제든 그 시간을 빼앗아 갈 수 있겠지요.

자연이 시간을 빼앗아 가기 전에 우리 인류는 뭔가 해야 합니다. 지구의 땅과 바다를 뒤져 온갖 자원을 캐내 마구 써 대던 행위를 멈춰야겠지요. 지구가 뜨거워지면 어떤 생명이 살아남을 수 있겠어요. 지구를 뜨겁게 만드는 온실가스 배출도 이젠 멈춰야 합니다. 줄이는 정도가 아니라 완전히 '제로'로 만들어야 살아남을 수 있습니다.

그런데 인류는 스스로 의지가 없으면 행동하지 못합니다. 자연의 뭇 생명을 살리고 나 자신을 살리는 길이 무엇인지 명확하게 인식하지 못하면 행동이 나올 수 없습니다. 위기의 순간, 늦었다고 땅을 치며 후회하기 전에 우리는 행동에 나서야 하겠습니다. 멸종 위기 '제로'를 향한 주인공 민세와 같이 걷기를 희망합니다.

2022년 6월 장주식